最果てのパラディンⅢ〈上〉 鉄錆の山の王

めきめきと、木々が折れる音がする。
生木を引き裂くおそるべき音とともに、毛皮をまとった、
三メートルを超える巨人が姿をあらわした。

森林巨人《フォレスト・ジャイアント》

ヴィンダールヴ
ウィリアム

Contents

口絵・本文イラスト／輪くすさが
口絵・本文デザイン／木村デザイン・

最果てのパラディンⅢ〈上〉

鉄錆の山の王

柳野かなた

OVERLAP

——勇気とは、いかなるものぞや。

『技工と炎の神ブレイズ、問うて曰く』

序章

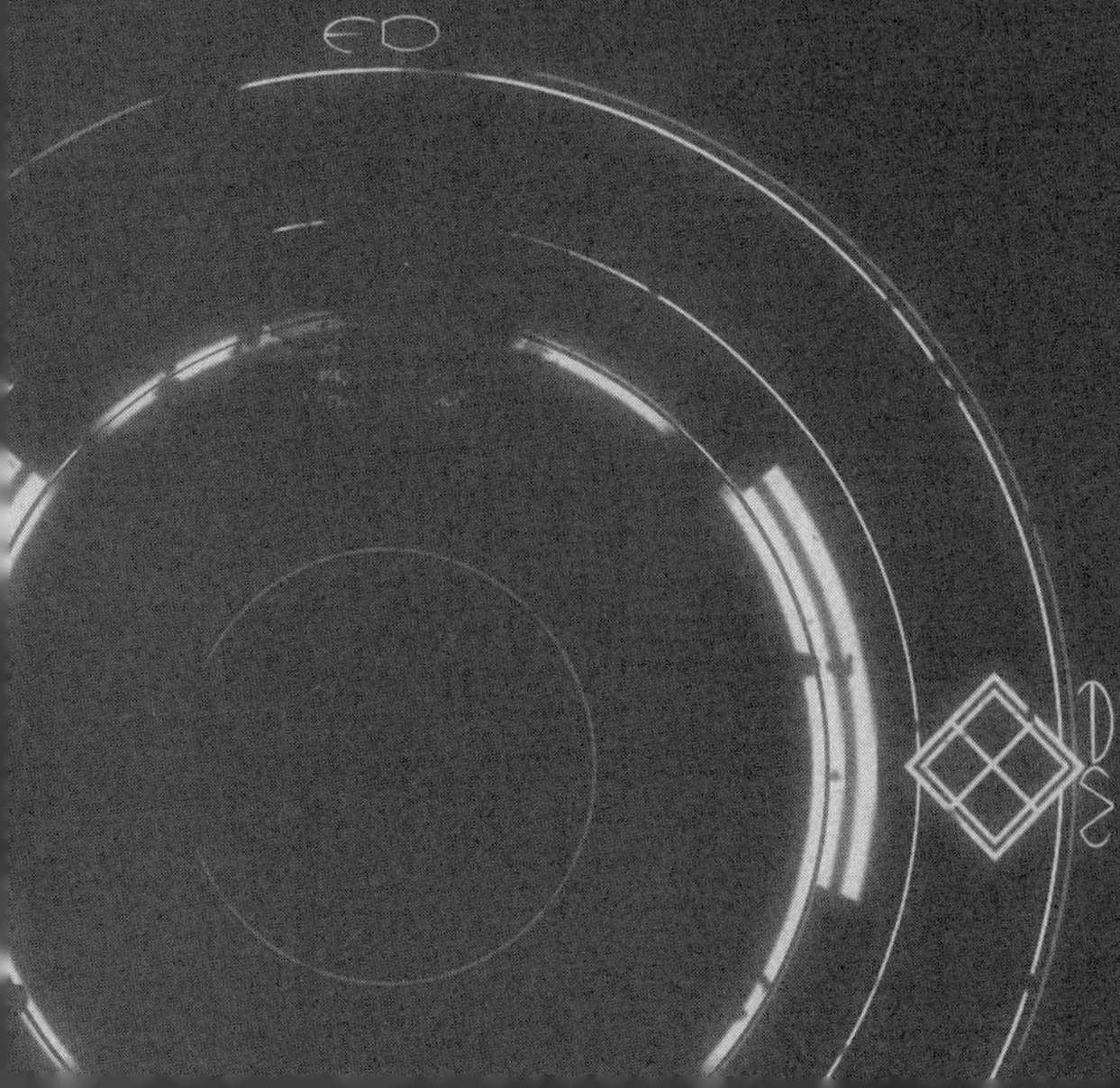

《獣の森《ビースト・ウッズ》》の奥深く。偉大なる森の主《ぬし》、《ヒイラギの王》の座所は、渦巻く瘴気《しょうき》と腐った木の葉、枯れ落ちた木々が満ちる地獄と化していた。

向かう先、座所の中枢に至る道からは、歪《いびつ》な人影——《落とし子《スポーン》》と呼ばれる下級の悪魔《デーモン》が群れをなして繰り出してくる。

不釣り合いなほどに爽やかな初夏の太陽の光の下、まるで腐り落ちた死体のあばら骨を思わせる枯れ木並木の中を、僕たちは疾走する。

「メネルっ！」

「おうっ！　『あまねく妖精よ。かそけきもの、夕暮れと朝霧に遊ぶものよ——』」

銀の髪が翻る。足を止めたメネルが、両手を広げて精霊たちに呼びかける朗々たる声。

それを背後に聞きながら、僕は愛槍《あいそう》《おぼろ月《ペイルムーン》》を手に前進。

「『目覚めよ！　汝《なんじ》らの優しき庇護者《ひごしゃ》、森の王は危機にあり！　報恩の時は、今ぞ！』」

自然の力が弱体化した、この瘴気渦巻く座所にあって。力を失い、自我を拡散させかけていた妖精たちが、メネルの強い呼びかけに目覚め、自我を取り戻しはじめる。

朗々とした呼びかけに惹《ひ》きつけられるように、彼の周囲に妖精たちが集い始める気配が、

メネルのもとに集い始めている。

火蜥蜴《サラマンダー》の矢、土妖精《ノーム》の槌《つち》、水乙女《ウンディーネ》の槍《やり》、風乙女《シルフ》の刃《やいば》
「『手に刃もて、弓をつがえよ！

……』」

背筋が震えるほどの自然の力が、
僕にも感じられた。

それを頼もしさとして感じながら、僕は襲いかかる敵に向けて槍を振るう。

人の形をした粘土を子供が適当にこねて遊んだような《落とし子《スポーン》》たちを、次々に貫き
薙《な》ぎ払う。

「『今ぞ、開戦の角笛は響けり！ 傲慢なる侵略者に――』」

詠唱も終幕に入った。気合の掛け声とともに盾ごとの体当たり《シールドバッシュ》。《落とし子《スポーン》》の一体を
弾《はじ》き飛ばして、迫る群れの中へと叩《たた》き込むと、斜め後ろに大きく飛び退《すさ》り――

「『――四大の裁きは下されん！』」

その瞬間。眼前で、膨大な死が巻き起こった。

突如として放たれた火炎の矢が、熟練の射手隊の一斉射撃のごとく敵を討ち。

地面からは瘴気を吹き払うように持ち上がった巨大な岩の槌が、悪魔《デーモン》たちを叩き伏せる。

あるいは汚泥から清水が噴き上がり、螺旋《らせん》を描いて悪魔《デーモン》の胸を穿《うが》ち。

視界の奥では、荒れ狂う風の刃が瘴気を散らしつつ次々に敵の首を刎《は》ね飛ばす。

メネルの呼びかけに応え、凶猛な叫びをあげた妖精たちによる総攻撃だ。

「ウィル、行くぞっ！」

「了解っ！」

薙ぎ払われる《落とし子《スポーン》》たちの向こう。

悪魔《デーモン》たちの骸《むくろ》を踏み越え、僕たちは先を急ぐ。……《ヒイラギの王》の座所を汚し、森の循環を狂わせている何者かが、この前にいるはずだ。

落ちた病葉《わくらば》を蹴立てて、駆ける。

すると座所の手前、古い石造りのアーチの前に二体の悪魔《デーモン》の姿があった。

両者ともに、人とワニを混ぜたような姿。片方が鉤《かぎ》つきの槍を、片方が鋭利な長剣を手にしている。身長は二メートルほどか。

恐竜を連想するような頭。強靭《きょうじん》な鱗《うろこ》とゴムのような外皮、そして分厚い筋肉。ひょろりと、奇妙に長く伸びた尻尾の先端には鋭い棘《とげ》がついていた。

――《隊長級《コマンダー》》の悪魔《デーモン》、ヴラスクスだ。

「尾棘《びきょく》に気をつけて！」

「おう。槍の方は任せた！」

手短に声を交わすと、僕たちは左右に散開。応じるようにヴラスクスたちも、それぞれに僕たちに向かってくる。

僕は一つ息を吸うと足を緩め、ついにはその場に身構える。

駆け足気味に迫ってくるヴラスクスに、槍の穂先をぴたりと向けると——間合いぎりぎりまで接近してきたヴラスクスが、困惑したように立ち止まった。

「…………」

ぎょろりと、爬虫類《はちゅうるい》めいた瞳が揺れ、鈎槍を突き出す素振りを見せつつ、右や左に回りこもうとするけれど、僕は僅かに足を動かし、穂先を向け続ける。

ヴラスクスが、焦れたように唸《うな》った。

……攻める隙を見いだせていないのだ。

じりじりと間合いを保ったまま、ふと、それと分からない程度に構えを弛緩《しかん》させ、隙を作る。

案の定、それを狙ってヴラスクスが突き出してくる鈎槍を、

「はッ！」

こちらの槍で力強く絡め落とし、そのまま間髪をいれずに突き返す。

一気にヴラスクスの硬い鱗を貫き、心臓を抜いた。

「ガッ……！」

迅速に槍を繰り込み、反撃を許さないままに更に念のため二突き。

このクラスの悪魔《デーモン》になると、『致命傷』のラインが人間より数段上である場合が多い。

心臓を貫かれながら暴れまわっても、驚くには値しないのだ。

穂先を引き抜いて様子を見ると、虚脱したヴラスクスの巨体が膝から崩れるように地面に倒れた。

骸が灰になって崩れてゆく。

「ふぅ……」

息をついたところで、ふと脳裏に、懐かしい声が響いた。

――俺ならまっすぐ進んで、そのまま首刎ねて終わりだな！

苦笑する。いつだったか僕の父親であるブラッドが、ヴラスクスの強さを評した言葉だ。

……残念ながら僕はまだ、その域には達していない。

あとどれほど鍛錬を重ねれば、ブラッドに追いつけるかは、分からないけれど――でももう、それは背中も見えない距離ではないように思う。

「らぁッ！」

と、メネルの方も勝負がついた。

数合の探るようなやりとりの末、腕一本を犠牲にする構えで突進したヴラスクスの足首を、ノームが背後から摑《つか》んで姿勢を崩す。

……今、メネルは呪文を発しなかった。妖精たちと完全な交感を成し遂げ、意を合わせている。達人技だ。

そのまま思い切り良く懐に踏み込んで短剣を胴にねじ込むと、メネルは短剣伝いに何かの呪文を炸裂《さくれつ》させた。

びくりと痙攣《けいれん》し、白煙をあげてヴラスクスが倒れ込む。……決着だ。

「っし。……ついでに頂きだ」

灰となって崩れ落ちる体から、メネルが目ざとく長剣を奪いとった。

直剣の鋼は、冴《さ》え冴《ざ》えと澄んでいた。なかなかの品だ。

「森の主の祭壇は……この奥だね」

「《隊長級《コマンダー》》の悪魔《デーモン》が門番っつーことは」

「うん」

相当の存在が出向いてきている。

僕たちは顔を見合わせ、緊張を新たにすると——石のアーチを潜《くぐ》って、《ヒイラギの王》の座所の深奥へと踏み入った。

◆

座所は腐臭漂う毒沼と化していた。

メネルが手早く二人分の《水上歩行《ウォーターウォーク》》の呪文を唱える間に、僕も《耐毒の祈り《アンチ・ポイズン》》によって毒気への耐性を増しておく。

見れば、枯れ落ちた木々、折れた枝と変色した葉がヴェールのように覆う向こう。

巨大な古樹が見えた。

大きい。高さは周辺の樹木とたいして差はないけれど、他の木よりも明らかに太い。腕で一抱え、二抱えとか、そんな見積もりの仕方が愚かに思えるくらい、大きく太い幹だ。

恐らく、近づいたらもうそれは、岩壁か何かにしか見えないだろう。

「メネル」

「ああ。あれが、この一帯の森の冬を司《つかさど》る、《ヒイラギの王》だ」

まるで波打つ海面のように、橋のように太い根が、古樹の周囲をうねっている。……それらは地を覆う毒沼に影響されるように、半ばまで黒く染まっていた。

その、黒い根の波打つ辺り。

巨大な根に囲まれるようにして、石造りの祭壇がある。

「……あれだな」

近づいていくと、朗々と響く《創造のことば》が聞こえた。

「……っ」

響きだけで分かった。

あれは呪詛《じゅそ》だ。あれは冒瀆《ぼうとく》だ。

憎しみ。恨み。怒り。蔑み。嘲り。ありとあらゆる負の感情を煮詰めた釜が、ぶくぶくと沸騰するような音の響き。

――《忌み言葉《タブー・ワード》》。

そう呼ばれる部類の《ことば》だ。

善良なる魔法使いたちが図書蔵の深くに封印し、頑《かたく》なに門外に秘すそれ。風を淀《よど》ませ、水を腐らせ、土に乾きを、火に衰えをもたらす呪いの文言。

発されるべきではないそれを、発するものがいる。

周囲に警戒しながら、接近する。《水上歩行《ウオーターウオーク》》の術によって、毒沼の水面上にさざなみとともに足が浮いた。

「…………」

巨大な祭壇の上。両手を広げ、朗唱するその悪魔《デーモン》の姿形は、概《おおむ》ね人に似ていた。

獣毛に覆われた、隆々たる筋肉質の体軀《たいく》。

岩壁に荒っぽく鑿《のみ》を入れて削り出したかのような、厳《いか》つい顔。

……異様なのはその頭部から、ヘラジカを思わせる巨大な角が生えていることだ。

そいつはこちらを見ると、ゆっくりと、朗唱を止めた。

「……門衛どもは、どうしたね？」

流暢《りゅうちょう》な西方共通語。

「どうなったと思う？」

そう問いかけるメネルの手にある長剣を見て、有角の悪魔《デーモン》はふむ、と納得したように頷《うなず》いた。

僕は緊張を深めていた。

「なるほど。察するに、そちらが《最果ての聖騎士《パラディン》》たるウィリアム卿《きょう》。そしてそちらが、《はやき翼《スウィフトウィングス》》のメネルドール殿」

知性。情報収集能力。

《兵士級《ソルジャー》》や、《隊長級《コマンダー》》の悪魔《デーモン》たちとは、完全にものが違う。

「《将軍級《ジェネラル》》――有角獣魔《ケルヌンノス》」

呟《つぶや》く声に、獣魔はニヤリと笑った。

「名高き二勇士が来たとなれば、話は早い」

その瞬間、周囲に気配が立ち上る。

僕もメネルも、おおよその気配は察知していたけれど――伏せ勢だ。

牡鹿《おじか》や牡牛《おうし》と、蛇や蜥蜴《とかげ》を混ぜたかのような奇怪な悪魔《デーモン》たちが、辺りの巨大な根の陰から姿を現す。

「この場で死んで頂こう」

獣魔の声に従い、悪魔《デーモン》たちが僕たちに襲いかかろうとし――

「メネル、この距離ならいい？」

「十分だ。……あと頼む」

メネルはゆっくりと、黒ずんだ《ヒイラギの王》の根に触れた。

「王よ。《ヒイラギの王》よ。夏至より冬至に至るまで、森を統べし双子王の片割れよ」

その白い手の甲には、樫《かし》の葉の文様が浮かび上がっている。

根に両手を当て、目を閉じるメネルは、まるで祈りを捧《ささ》げる神官のようだ。

何かに気づいたケルヌンノスが悪魔《デーモン》たちに指示を出そうとするけれど、遅い。

「兄弟王たる《樫の木の王《オーク》》より預かり受けし――」

そこから不可思議な力が流れ込み。

黒ずみ力を失っていた根が、古樹の幹から、鼓動のような脈動が聞こえ始める。

「――王の王たる力を、汝《なんじ》へと捧げん」

地が震える。古樹の根がゆっくりと動き出し、不埒《ふらち》な悪魔《デーモン》たちを締め上げ、毒沼の中へと引きずり込む。

悪魔《デーモン》たちの悲鳴と水音が、しばし木霊し、そして沈黙が落ちた。

「やってくれたな。既に、《樫の木の王《オーク》》を押さえていたとは……」

その有り様を、祭壇の上から見下ろすケルヌンノス。

一瞬だけ見えた怒りと動揺の色を、もう既に抑え込んでいる。立ち直りが早い。

「だがしかし、貴殿がこの私を倒せねば同じこと」

ケルヌンノスが《ことば》を呟くと、その手元に長柄戦斧《ハルバード》を引き寄せ、構える。

「倒します。この森のため、」

息を吸い。言葉と同時に槍《やり》を構え、

「――流転の女神《グレイスフィール》の、灯火《ともしび》にかけて！」

僕はまっしぐらに駆け出した。

◆

「オオオオオッ!!」

長柄戦斧《ハルバード》が祭壇の一角を砕き、無数の石片が飛来する。

咄嗟《とっさ》に盾で打ち払い、僕と背後のメネルを庇《かば》う。メネルは今、《ヒイラギの王》に、《樫の木の王《オーク》》から預かった森の王権を移譲している最中だ。

まったくの無防備ではないけれど、隙の多い状態にならざるをえない。

「灯火よ、闇を退けたまえ！」

祈りを捧げ、メネルの周囲に輝く結界を構築する。

ケルヌンノスは強敵だ。戦闘中に突然、メネルに攻撃の手を向けられた場合、フォローしきれない可能性がある。

そのために譲った一手の隙に、ケルヌンノスが選んだのは《ことば》の詠唱だった。

「《煙《デー・フーモー》から炎《アド・フラ》》——」

けれど、それは悪手だ。

「《沈黙する《タケーレ》》、《口《オース》》！」

タイミングを見計らって放った言葉に、ケルヌンノスの口ががちりと閉まる。

次の瞬間ケルヌンノスの周囲で、轟音《ごうおん》とともに、爆発と見紛《みまが》う勢いで毒煙と猛火が荒れ狂った。

——《ことば》の暴発。狙って起こさせたものだ。

「強力な魔法使いを殺す最大の好機は、その魔法使いが大魔法を唱える時」

ガスの教えだ。通して唱えられる確信もなしに、長大な詠唱なんてするものじゃない。

……けど、どうやらその手も相手の予想の範囲内だったらしい。

左右に広がった毒煙、うち右方向に駆け出すと、靄《もや》の中に槍を突き込む。

甲高い金属音。繰り出された長柄戦斧《ハルバード》と槍が絡み合い、ぎしぎしと軋《きし》む。

「ふむ……祈りの集中から、即座に《ことば》の性質を見切っての割り込みか」

風が吹く。毒煙が退《ひ》いてゆく。

僕は眉をひそめた。ケルヌンノスに目立った異常は見られない。

「見事、見事」

――恐らく、毒と火炎、あるいは魔法的現象に対するほぼ完全な耐性。自爆しても問題がないからこそ、躊躇《ちゆうちょ》なく詠唱したのだろう。

発語し切れれば良し、し切れなくとも煙幕代わりになる。損のない二択。そしてそこから、煙を利用して接近してきたのだ。

極めて強力な耐性を持つからこそ。そして僕が祝禱《しゆくとう》や魔法の使い手であると知るからこその、読みと余裕。

……手強《てごわ》い、と言っていいだろう。

けれど手強いなら手強いなりに、やりようはある。

「はっ！」

腕に力を込めた。

「むぅっ！」

長柄戦斧《ハルバード》ごと押し込もうとする動きに、ケルヌンノスが対抗する。

魔法に耐性があるというならば、白兵戦でかたをつけるまでだ。

かつてブラッドたちが戦った、悪魔《デーモン》たちの《上王》にさえ、刃の一撃は有効だったのだ。

それ以上の耐性を持つ悪魔《デーモン》がいるとは思えない。実体を持っている以上は、切るなり突くなり叩《たた》くなり、何らかの物理攻撃は通じるだろう。

「――ッ！」

競り合った武器が弾《はじ》け、互いに一歩退くと、道のように太い根の上を駆けながら武器を交わす。立ち位置が目まぐるしく入れ替わり、変化し、時には立体的に交錯し――そしてひときわ大きな金属音とともに、再び正面からの押し合い。

互いに相手の武器を押さえ込もうと、槍と長柄戦斧《ハルバード》が絡み合い、ねじり合い、軋む。軋む。

ケルヌンノスの太い腕に血管が浮かび上がり、筋肉が隆起する。

僕も腰を据え、歯を嚙《か》み締め、力を込め――

「……っ！」

徐々に、槍が長柄戦斧《ハルバード》を圧《お》してゆく。

「ッ……貴様、人間か!?」

ケルヌンノスが色を失う。

しかしそれにしたって、人間かとは何だ、ひどい。

あくまで鍛錬の成果だ。

ゆっくりと息を吐きながら、更に押し込む。

「ふぅぅ……」

「う、おおッ!!」

力の向きの急な転換、あるいは前後左右の足さばき。そういう技で誤魔化そうとするケルヌンノスに対して、ひた押しに筋力で押し込む。

……あまり、正面からの力押しで後れを取った経験がないのだろう。

露骨な動揺と不慣れが見て取れる小技ごときに、してやられたりはしない。

鍛えぬいた力で、押して、押して、押して、押し抜いて。

――技を使うのは、ここだ。

「はぁッ!」

一気に槍を翻す。

跳ね上げた槍の穂先は、狙い違《たが》わず獣魔の巨大な角に命中した。

「ッ!?」

敢《あ》えて砕くほどには力を込めず、ヘラジカめいた長大な角の先端をかち上げる。

……さて。

人間型の生き物の頭から、長大な角が生えていたとして。その角の先端を思い切り跳ね上げると――首はどうなるだろう?

「が……」

答えは、とてもよく捻《ねじ》れる。

これはもう物理的な作用として、いかんともしがたい。

更に角に穂先を絡めて引き込んでやると、ケルヌンノスは完全に体勢を崩した。角を引きずり回される結果として、首を捻《ね》じ回されているために、平衡感覚を保てていないのだ。片足立ちが真上を見ながらだと急に難しくなるように、首の角度と平衡感覚には密接なつながりがある。

無理やり首を捻《ひね》り回されながら平衡を保てるかどうかなど、実験してみるまでもない。

……そのまま引きずり倒す動作から、流れるように槍を叩き下ろす。

別に槍は突くばかりの道具ではない。

二メートル以上もある、力を込めてのぶつけあいに耐えるよう作られた棒を、思い切り振り下ろせば——遠心力もあいまって、それは凶悪極まる鈍器以外の何物でもないのだ。

叩き込んだ。

角と頭蓋の割れる音と、手応え。

「…………ぐ、ォオオオオオオッッ!!」

それでも尚《なお》、凶猛に抵抗を続けた獣魔は、流石《さすが》は《将軍級《ジェネラル》》の悪魔《デーモン》といえたけれど——

◆

その抵抗も、長くは続かなかった。

灰になった獣魔を確認し、残った長柄戦斧《ハルバード》を回収した頃に、メネルの作業が終わった。

「…………おし」

ここまで恐ろしく慌ただしかったので気づかなかったけれど、彼の顔にはだいぶ疲労が滲《にじ》んでいた。銀の髪は汚れでくすんでいるし、こころなしか頬も少しこけて見える。

今回の事件ではメネルが一番、苦労をした形なので、それも当たり前かもしれない。

……夏至の日。季節外れの待雪草《スノードロップ》が咲き誇ったことから、それは始まった。

数日後にはそれは、果物が爛熟《らんじゅく》して腐り落ち、木々がデタラメに伸び、あるいは枯れ

——ついには獣や妖精たちが狂い暴れる異常事態に発展。

早期に異常を察知したメネルは、「森が狂わされている」と、苦虫を噛み潰したような顔で言った。

——たまたま《白帆の都《ホワイトセイルズ》》に立ち寄っていた僕たちは、エセル殿下から事態を解決するよう請われ、これを受託した。

そして向かったのが、《樫の木の王《オーク》》の座所だ。

メネル曰《いわ》く、一帯の森は冬至の日から夏至の日までを《樫の木の王《オーク》》が。

そして夏至の日から冬至の日までを、《ヒイラギの王》が統治しているのだそうだ。

太陽がその輝きを取り戻す、一陽来復《いちようらいふく》の冬至の日、《樫の木の王《オーク》》は《ヒイラギの王》

から王権を譲り受ける。

そして太陽が巡り、太陽がその最盛期を終える夏至の日に至ると、《樫の木の王《オーク》》は再び《ヒイラギの王》へと王権を譲り渡す。

そういう双子の兄弟王とも称される、二つの古樹の主の関係をもって、この森の自然は回っているのだと。

《樫の木の王《オーク》》の下に向かったのは、そのためだ。

夏至の日を境にそれが狂っているのだから、《樫の木の王《オーク》》が何らかの事情で王権を渡さなかったか、渡せない状態になったか。

そういう風に推測を立てたのだ。

……けれど実際には、そうではなかった。

森深くのもう一つの座所で、《ヒイラギの王》こそが王権を受け取れない状態になっているのだと、現れた《樫の木の王《オーク》》の化身は語った。

そのため、正しい月日の巡りを過ぎても王権は手元に残り続け、森に数多《あまた》の異常が発生しているのだと。

強大な王権は、しかるべき時、しかるべき者の手になければ、ただ害悪のみを撒《ま》き散らす。さほどの時を経ず、森は致命的に破綻し、長い年月、回復しきれないほどの痛手を受けるだろうと、《樫の木の王《オーク》》は語る。

僕が、王権を手放す方法はないのかと問うと、《樫の木の王《オーク》》は答えた。

自分にとっての《ヒイラギの王》のように、《ヒイラギの王》にとっての自分のように。

王権を得るにふさわしい力を示すものがいないかぎり、森の王権は譲り渡せないと。

全てを諦め、滅びを受け入れる声音で、彼は言った。

「……なら、俺に預けろ」

メネルが、強い口調で言った。

「偉大なる《樫の木の王《オーク》》よ。アンタの王権を俺に預けてくれ」

無理だ、と《樫の木の王《オーク》》の化身は語った。

精霊神レアシルウィアに創造された、上《かみ》の時代のエルフそのものであればいざしらず、
人の血の混じった汝《なんじ》では、森の王権の重みを背負うは、ひと月が限度であろう、と。

「ひと月も耐えられるなら問題ねぇ。あとは俺とコイツで解決してやる」

《樫の木の王《オーク》》はしばらく沈黙して、それから問うた。

「だが《ヒイラギの王》が既に失われていれば、ひと月の後に汝の魂は破滅する」

「だろうな」

「……なぜ、そうまでする」

「罪を贖《あがな》い、前を向いて生きると、そう誓ったからだ」

メネルは何恥じることなく、森の王の前でそう言った。

「恩人の魂を救ってくれた友を介して、偉大な神に誓った。それ以上の理由はねぇ」

《樫の木の王《オーク》》は再び沈黙した。

長い沈黙の後——彼はメネルが己に挑戦することを認め、試練を課すことを宣言した。

「これなる試練は、森の密儀である。そこなる強き戦士にして魔法の使い手、灯火《ともしび》の神の代行者よ。お主に参加の資格はない」

「分かっています」

メネルと視線を合わせ、頷《うなず》いて。

それから《樫の木の王《オーク》》に向き直り、僕は言った。

「待ちます。ここで、何日でも」

「そう何日も待たせねぇよ」

メネルは心配するなと笑うと、《樫の木の王《オーク》》の化身とともに、座所の深奥へと去っていった。

それからその奥で何が起こり、どれだけの苦難があり、メネルが何を乗り越えたのか、僕は知らない。

ただ翌朝、じっと待っていた僕の前に、彼は帰ってきた。

だいぶ憔悴《しょうすい》した顔で、それでも誇らしそうに笑って。

それから僕たちは、即座に《ヒイラギの王》の座所へ向かった。

森の王権を預かり受けたメネルの道行きを、あらゆる木々や藪《やぶ》は遮らず、あとの旅は素晴らしく迅速に進んだ。

そして《ヒイラギの王》の座所で悪魔《デーモン》たちを発見し、撃破し――今に至る、というわけだ。

「…………」

なんだかここ最近、また悪魔《デーモン》たちが起こす事件が増えている気がする。

自分たちで出向いたもの。他の冒険者が解決した後で報告を聞いたもの。色々とあるけれど……森の王の座所を破り呪えるほどのものまで出てきたとなると、ちょっとただ事ではない。

何が起こっているのだろう――もやもやした、何か見落としているような、言い知れない不安。

そんなものを感じていると、

「――汝ら、人の子よ」

声が聞こえた。

◆

見れば、祭壇に新たな人影があった。

――いや、それは人なのだろうか。

少なくとも人は、そんな樹皮のような肌をしていないし、まして髪や髭《ひげ》の代わりに、植物の葉や蔓《つる》が生えていたりはしない。

けれど、僕もメネルも、その姿には見覚えがあった。

《樫の木の王《オーク》》の化身も、似たような姿をしていたからだ。

「われは、《ヒイラギの王》である」

《ヒイラギの王》の化身は、柔らかな口調でそう告げた。

「不埒《ふらち》なる侵入者を、退治するその武勇。そして滞りし王権の授受を行うため、座所へと赴いてくれたその勇気を、心より賞賛し感謝しよう」

だが、と《ヒイラギの王》は言った。

「まずは、乱れた森を正さねばな。……しばし待つがよい」

そう言うと、王の化身は両手を広げた。

その口から流れるように紡がれるのは、僕にも理解できない謎の朗唱。恐らく、森の密儀に属する部類の――それこそ、人間には未知の《ことば》なのかもしれない。

朗唱が始まってしばらくして、ゆっくりと大地が鳴動を始めた。

座所、《ヒイラギの王》たる古樹を中心に震えは続き――ゆっくりと収まった瞬間、変化は現れた。

毒沼となっていた周囲から、清らかな水が次々に噴き出す。

王権を預かっていたメネルも似たようなことはできたけれど、これはその規模が違う。あっという間に津波のような勢いで、毒が薄められ流されてゆく。

周囲の、呪いの邪毒により枯れ落ちた木々。無残に立ち枯れ、あるいは倒れたそれらから芽が伸びた。芽がぐんぐんと伸びてゆく。苗となり、若木となり、木となり、次々に咲きこぼれる夏の花。

爽やかな香りが、腐臭を駆逐し押し流していけば、木々を中心に草花やキノコが伸び始め、毒に侵された大地が森の精気を取り戻す。

葉が茂る。風が踊る。木漏れ日がきらきらと差し込んでくる。

「わ、あ……」

まるで逆回しのフィルムを見るような――それは魂を揺さぶられる、再生の風景だった。

メネルでさえ、じっとこの光景に見入っていた。

「森の王、か。……あの無茶苦茶な力を、手足みたいに使いこなしてやがる」

メネルは王権が手元にある時、夜ごと苦痛に呻《うめ》いていた。

ほとんど振るいもせず、ただ預かり宿していただけで、祝禱術《しゅくとう》でも癒《いや》せないほどの痛みを受けていたのだ。

森の王たる存在と、人の身の違いだと、メネルは小さく肩をすくめた。

けれど、

「人と精霊の子よ。汝もいずれはこうなろう」

全ての朗唱を終えた《ヒイラギの王》が、そう言った。

「…………は？」

「汝はひとときとはいえ、森の王権をその身に宿した。既に汝のうちに流るる人と精霊の血と力は、精霊へと傾き、そして《森の王》の器に近づきつつある」

……へ？　と僕も驚きに硬直する。

「案ずるな。すぐさま変ずるというものではない」

いや、案ずるなと言われても……

メネルも硬直しっぱなしだ。

「ええと、どうなるんです？」

「練磨を怠らねば、百歳《ももとせ》を遥《はる》かに超える、月日の巡りの果て……汝は新たな《森の王》となろう」

この辺りで、ようやくメネルも再起動した。

あー、あー、と何か記憶を漁《あさ》るように額に手をあてる。

「そういや……故郷の、エルフの爺《じい》さま連中が語ってるのを聞いたことがある。《森の王》

に認められたエルフは、王と契約を交わし、命終わる時は森に入って果てる。その身はあるいは一頭の獣となり、あるいは一枚の巨岩となり、あるいは一株の樹木となり――」

　そしてその魂は、森を統べる王となる。

「そうだ。汝は我が兄弟たる《樫《オーク》の木の王》と契約を交わした」

「……そんなつもりはなかったんだが」

「つもりはなくとも、森の王権を預かるとはそういうことだ。若き芽たる者よ」

「拒否は？」

「できぬこともない。望めば人の子としても死ねよう」

「……そうか」

「今すぐの話ではない。考えておくことだ」

　そう言われて、メネルは頷いた。

　翡翠《ひすい》色の瞳でひたと森の王を見据え、真剣な表情だ。

「そして、人の子よ。灯火《ともしび》の使徒よ。……伝えておかねばならぬことがある」

　《ヒイラギの王》の視線が、こちらに向いた。

「西の、赤茶けた石を多く抱く山並みを知っていよう」

「鉄錆《てつさび》山脈……のことですか？」

　あの山の色は、赤鉄鉱の太い鉱床のためだという。

「うむ」

王の化身が頷いた。

「おぬしら人の子にとって遠くない未来」

その口から、流れるように——

「鉄錆の山脈に、黒き災いの火が起こる。火は燃え広がり、あるいは、この地の全てを焼きつくすであろう」

不吉な文言が、こぼれ落ちた。

「それ、は……」

「あの獣魔も、鉄錆の山々よりやってきた。かの地は今や悪魔《デーモン》どもの巣窟。山の民の黄金を寝床とし、巨大なる邪炎と瘴気《しょうき》の王が眠りを貪る地。

抗《あらが》うにせよ、受け入れるにせよ、覚悟せよ。——その日は遠からず、来たる」

《ヒイラギの王》の口から語られるその言葉は、森の座所に予言めいた重さをもって響いた。

「……アンタはどうにかしねぇのか」

「滅びるならば、それも定めよ」

メネルが問いを放つけれど、《ヒイラギの王》はにべもない。

《樫の木の王《オーク》》もそうだったけれど、彼らは基本的に受動的な気質だ。

「我らにとっては滅びの火は、再生へと繋《つな》がるもの。人がこの大陸より再び去ろうと、悪魔《デーモン》が栄え、邪炎の王がいかに吠《ほ》えようと。——森は生きる」

辺りでは枯れた木を苗床に、新しく生えた木々が風に揺れている。

つまりは、そういうことだ。

「故に、人の子よ。若き芽たる者よ。これは忠告であり、義理立てだ」

王権の異常を正し、無償で戦った僕たちへの。

そして、

「——今年の秋は、豊かな実りを約束しよう」

そう告げると、《ヒイラギの王》の化身は姿を消した。

◆

「《森の王》だってよ」

帰り道。歩きながら、僕たちは語り合った。

いつもは森をゆく時は、メネルの妖精使いの技で木々が道を開くのが常だったのだけれど——今は、なんというか、それ以上の道を通っている。

木々の陰、あるいは巨岩の合間。金色に輝き妖精たちがさんざめく、現ならぬ景色の小道に、メネルは僕を連れて幾度も踏み入った。

「こっちだ」

「だ、大丈夫なの？」

「問題ねぇ。——分かる。っつーか、分かるようになった」

人ならぬものたちが住まう幽世《かくりよ》と、僕たちの過ごす現世《うつしよ》との境目。森の神秘、妖精の小道。常人が迷い込めばただでは済まないはずのその道を、メネルは近道でもするかのように幾つも経由する。

きらきらと、風そのものが煌《きら》めくような清涼な空気。

夜と昼とがめまぐるしく入れ替わり、生き物のように蠢《うごめ》く木々の葉は、新緑の季節よりも鮮やかで深く。

そして、落ちる闇は現世のどんな夜よりも濃い。その漆黒の中を、輝く妖精たちが、チカチカと瞬きながら笑い交わして舞い飛び渡る。

幻想的、といえば、幻想的なのだけれど——

「これ、メネルとはぐれたら僕、ただじゃすまないよね」

あちこちから、美しくも禍々《まがまが》しい妖精の笑い声が聞こえる。

あれは歓迎の笑い声ばかりじゃなくて、異物たる人間を威嚇したり、侮蔑したり嘲ったりする残酷童話系の笑い声も含みだ。怖い。

「…………」

――異様に強いマナの力が渦を巻いている。

強い《ことば》を行使するときのような、肌にびりびり来る感覚。

思わず、生唾を飲み込んだ。

「大丈夫だ、見失わねぇ。はぐれても探し出して引っ張り戻せる」

「戻せるんだ……」

「そうなった。不本意なんだがな」

どうやら一度宿した王権の影響は、今もメネルの中に残っているようだ。

元々ただでさえ優秀な妖精使いだったところ、更に数段上の階梯《かいてい》に進んだ――というか、引っ張りあげられているのだろう。

「自力で鍛えるつもりだったんだが……」

複雑そうに呟《つぶや》くメネルだったけれど、

「まぁ、いいや。貰《もら》いもんだろうがなんだろうが、力は力だ。慣らして血肉にすりゃ、同じことだ」

その辺の割り切りについては、メネルはメネルらしく、とても迅速だった。

貰った力も身につけた力も力は力。問題は使いたい時、使いたいように取り回せるかどうか。そういう考え方なのだろう。

「そっちはここから順繰りに試していくとして――むしろ問題は、《森の王》になるって奴《やつ》か。ウィル、お前はどう見る？」

「凄《すご》いことだと思うけれど、ちょっと話が大きすぎてよく分からない、かな」

「だよなぁ」

並んで歩くメネルの横顔には、特段、変わった様子は見られない。

いつもどおり、時折異常がないか目配りをしながら、一定のペースで歩いている。

「《ヒイラギの王》が言うには百年の更に向こう……俺の命が尽きるまでだから、二百年、三百年とか、あるいはそれ以上……そういう世界だな」

とても想像がつかない。

「その頃には僕は死んでるね」

「そうだな」

メネルは頷《うなず》いて――

「お前の墓守でもやりつつ、お前の子どもや孫連中の行く末眺めて……まぁ、その辺も一段落ついた頃、か」

「……そんなことやるつもりだったんだ」

「やるつもりだったんだよ。お前にゃ色々と、返しきれない恩もあるしな」

さらりとそういうことを言われると、なんと返したものか。

メネルが真剣に言っていることは分かったので、混ぜ返しはせずに、神妙な顔で頷く。

「けど、そうだな。そういうのも終わった後に、山や森と一つになるってのは、悪くねぇ生き方かもな」

僕はその呟きを、黙って聞いていた。

「ハーフエルフってのは、いつか決定的に選ばないとならない。

森に在り、水と土とともに悠久を生きる、精霊に近きもの、エルフたちの生き方か。

それとも猛《たけ》る火のようにきらめいて、吹く風のように消える、人間たちの生き方か」

選択こそが、二つの血の間に生まれたものの宿命なのだと、メネルは言った。

「森に消えて、ああいう古樹になって、お前の為《な》すだろうことの行く末を眺めて。それからゆっくり、枯れて倒れて、輪廻《りんね》に還《かえ》る。——悪くないな」

彼は笑った。

「『生は死のうちにこそ』って、お前、前になんかの説法で言ってたよな。……あの不慣れでぎこちないアレ」

「あ、ひどいっ、あれでも頑張ったのに！……でも、うん、確かに言ったよ」

「寿命は長ぇし、倒れて死んだらそれまでのつもりだったからな。あんま実感なかったけど、あの意味、やっとなんとなく分かってきたわ」

生きることは、どうしたって最終的に死に帰着する。

だから「どう死にたいか」を考えはじめたら、必然、「どう生きたいか」にも帰着する。

「……俺は、お前の成し遂げたことの行く末を見たい」

そのために、生き方を選んでもいい。

メネルはそう言って、僕に不器用に笑いかけた。

その笑顔に、胸が詰まった。

「……そんなに大したこと、できないかもしれないよ」

「冗談」

メネルは苦笑して肩をすくめた。

「お前、俺と出会ってから今までで何やったよ。素手で飛竜《ワイバーン》殺して、キマイラ殺して、それから幾つも冒険譚《ぼうけんたん》を積み重ねて吟遊詩人《トルバドール》どもを沸かせて、今度は将軍格の悪魔《デーモン》を一騎打ちで討って……ここまでだって十分、伝説だ。

……んで、どうせそんなポヤッとした顔して、これからも伝説を作るんだろ、お前は」

乱暴に背中を叩《たた》かれた。

「俺はその隣で戦って――そんで最後まで生き残れたら、俺は締めくくりに森の奥に消えるんだよ。もちろん、それっぽいこと言って、きっちりカッコつけてな」

「……伝説になるね」

「お互いな。悪くねぇだろ？」

「うん」

それは、なんだか楽しそうな未来図かもしれないな、と思った。

戦いの中で果てることはもちろん常にあるし、その場合はどちらが先に逝くか分からないけれど。

生き残ったら、絶対に僕はメネルより先に逝く。

それは仕方のないことだけれど――なんだか寂しくて、申し訳ない感じがしていた。

でも、そういう風に笑って未来を描けるなら、それもきっと、「悪くない」ことなのだ。

「なあ、ウィル。……お前はどう死にたい？」

「それが、メネルほど決まってないんだ」

意外だ、というようにメネルが目を見開いた。

「……お前なら、いろいろ考えてると思ったんだが」

「それがさ……」

さも深刻そうに一息。

「考えるんだけど、現実の変化が速すぎるんだよっ！」

僕はもう憤懣《ふんまん》やるかたない、というように叫んだ。

「故郷を出てさ！　気づいたら騎士だし！　気づいたら領主にまでしっかり担ぎあげられちゃったし！　ビィの歌はなんか北の大陸にまで届いてるっぽいし……この調子で十年後

に自分がどうなってるか、ぜんぜん予想がつかない！」

そう言うと、メネルはけらけら笑い出した。

「人間の生は短くて激烈だが、お前のは特にそうだなぁ。英雄の運命だ」

「別に英雄でも何でもいいけど、まっとうに人生設計とかできないもんかなぁ」

「人生設計する英雄って、なんか異様に不似合いで笑えるな」

「ひどい！」

ひとしきりそんな風に言い合い、笑い合っていると――ふと、メネルが足を止めた。

何かを確認するように、何もない、真っ暗な木々の間を見つめた後。

「ここだな」

ついと、銀髪のハーフエルフが木々の間に手を伸ばす。

すると木々がその身を譲るように退き――水面《みなも》のように、陽炎《かげろう》のように揺らめく空間から、風が吹き込んできた。

メネルに導かれ、揺らめく空間に一歩踏み出す。

一瞬、水の中を抜けるような不思議な感覚がして――視界が一気に広がった。

「え……」

左右に木々がない、薄暗がりがない。

見上げれば、中天にさしかかった夏の太陽から、ぎらぎらと日差しが降り注いできた。

はるか遠くに入道雲の浮かぶ、澄み渡る夏の空。

視線を下ろせば道はゆるやかに蛇行しながら地平線に向かって続き、その左右には区切りのある畑が連なり、美しい自然色のパッチワークを描いていた。

一陣の風が吹き渡り、豊かな麦穂が揺れる。

「え。ここ、は――」

まさか。

「《獣の森《ビースト・ウッズ》》を出た。《小麦街道《ウィートロード》》だ」

「一日で!?」

言いながら見回すけれど、たしかにここは見覚えのある、《小麦街道《ウィートロード》》だ。

でも、あの《座所》って森の最深部だったはず。

直線距離でも何十キロ、何百キロあるか分からないような難路を、一日で？

「《妖精の小道》ってのは、そういう道なんだよ。俺が知ってる場所だけだし、どこでも行けるわけじゃねぇけどな」

「できたらもう兵器だよ。……森の神秘、怖いなぁ」

森の中でエルフと喧嘩《けんか》してはいけない。

ブラッドの教えを思い出す。

それから僕は一歩を踏み出し――ふと、思い出した。

「最初にメネルと会って、ビィやトニオさんと一緒に森を抜けたのも、ここだっけ」

「そうだな」

風が吹き渡る。

小麦畑で、小麦がざわめく音がする。

「俺たちが出会ってから、もう二年か……」

死者の街から旅立って、仲間ができて。

飛竜《ワイバーン》を倒して、聖騎士《パラディン》になって、悪魔《デーモン》たちやキマイラを倒して、その後も頑張って――

長いようで短い、無我夢中の時間だった。

僕は、数えで十七歳になっていた。

一章

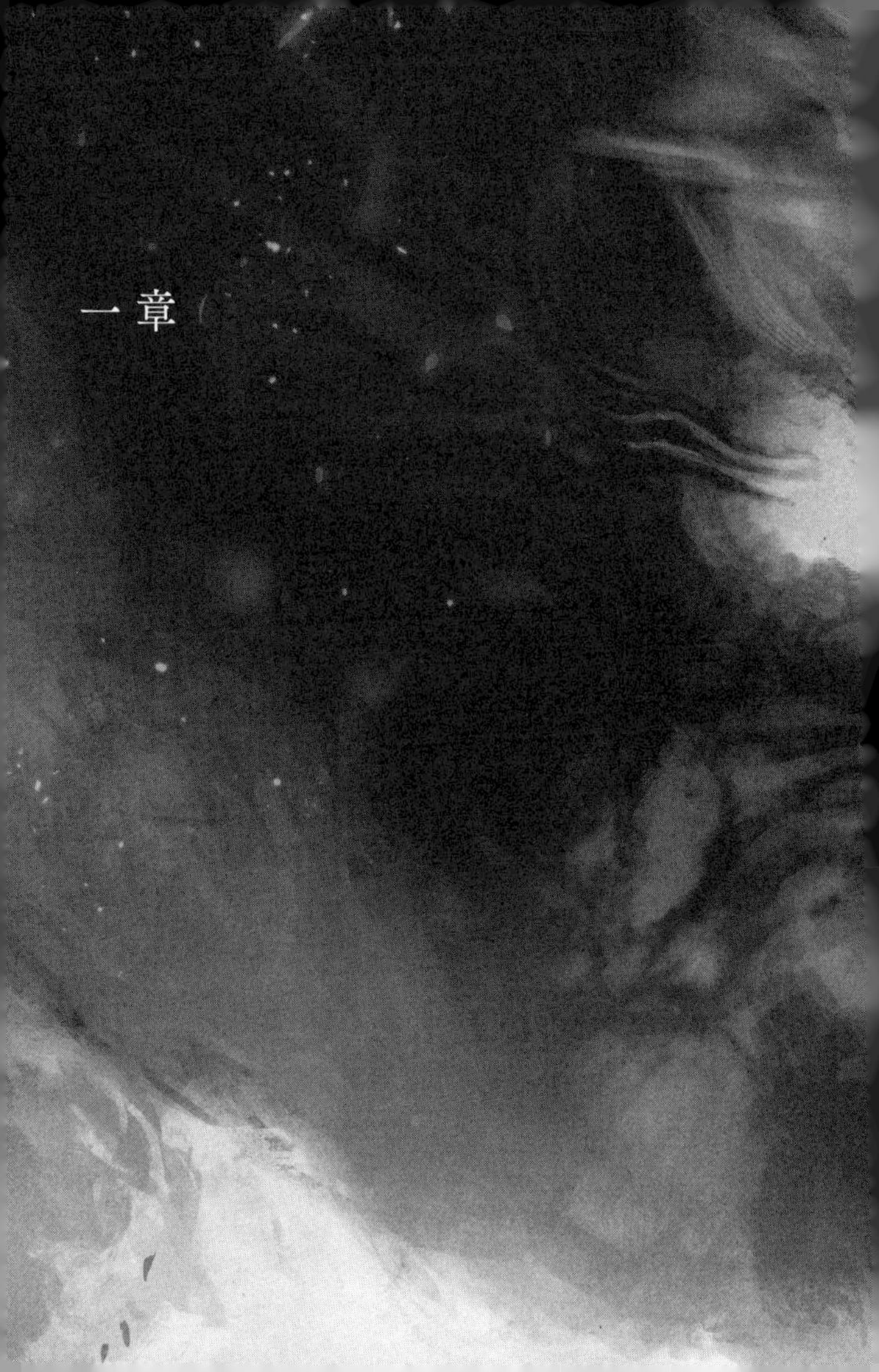

緑廊《パーゴラ》から垂れ下がる薄紫の藤花《ウィステリア》がそよ風に揺られる。

この《南辺境大陸《サウスマーク》》の玄関口たる、《白帆の都《ホワイトセイルズ》》。

その中心に位置する、領主館。白壁も鮮やかな館の窓の花棚には、明るい色の夏花が咲き誇っていた。

「――この度は、本当に苦労をかけた」

日差しもまだやわらかな、午前早く。

領主館の中庭に設置された東屋《あずまや》で、《白帆の都《ホワイトセイルズ》》の領主であるところの、サウスマーク公エセルバルド殿下は、重々しくそう仰《おっしゃ》ると――

「いや、この度も、かな?」

ふっと表情を緩めて、冗談めかして笑った。

あんまり気の利いた応答が得意ではない僕が、なんと言おうか迷った時には、

「まったくだぜ、事あるごとにこき使いやがって」

メネルが軽い口調で応じていた。

「まがりなりにも聖騎士《パラディン》殿は、私の臣下だからな」

「臣下じゃねぇ俺まで巻き込んでこき使ってる件については？」

「ウィリアム卿《きょう》を動かせば、君という英雄までついてくる。実にお得だなぁ」

「俺は露店のオマケじゃねぇんだぞ」

「とはいえ聖騎士《パラディン》殿の親友ではある」

ぽんぽんと言葉が応酬される。

「友が友のために戦うように、騎士は民草と主君のために戦う。──違うかね？」

「奉仕、献身、忠誠。上辺は綺麗《きれい》な建前だが、実質はどうだかね？　負担を押し付けすぎりゃあ不満も積もる。腹の底で恨まれてるんじゃねぇかと思えば、いざという時頼みにしづらい。それが道理ってもんじゃねぇか？」

この英雄さま抜きでヤバいのとやりあうとなりゃ、いったいどうなることやら、とメネルは大仰な動作で僕を示す。

メネルはエセル殿下と直接の主従関係にはないし、度胸があって遠慮がない。話すとなれば王族相手でも明け透けだ。

何がきっかけで彼らの会話が始まったのか、明確には覚えていないけれど……気づいたら会話が増えて、ここ二年の間に、エセル殿下とメネルはずいぶん話すようになった。

「くく。確かに確かに、聖騎士《パラディン》殿に逃げられるのは実に怖い。では報酬は十分に出して、繋《つな》ぎとめておかねばな」

「そうそう、そういう心がけってやつが大事なわけよ。それならコイツも気持ちよく忠誠心を示せるってもんだ」

エセル殿下はご機嫌顔で笑っている。けっこう、メネルとのやりとりを楽しんでいるようだ。

……それはそれとして今、恐ろしいことに、談笑しながらも水面下で報酬関係の要求と値切りを繰り返していたようだ。

気づいたらなんだか褒美を頂ける話の流れになっている。

「後で金子と、望みの品を贈ろう。それはそれとして、なぁ、ウィリアム卿」

「は、はい、なんでしょうっ」

「折り入って相談なのだが……このメネルドール殿、私にくれんかね」

「へっ？」

エセル殿下はいかにも真面目くさった顔で、しかつめらしくそう言った。

「腕の良い妖精使いにして凄腕《すごうで》の狩人《かりゅうど》。おまけに衰え知らずのハーフエルフで、物言いにも遠慮がない。……欲しいな、実に欲しい！」

「殿下。メネルは物ではありませんよ、欲しいと言われても、そもそも僕のものではありません」

実に楽しそうに語るエセル殿下に、僕は苦笑気味に答えた。

「もしメネルが殿下に仕えたいというなら、話は別ですが――」

「俺は誰にも仕えねぇよ。犬猫みたいにやりとりされてたまるかってーの」

臣籍に降下したとはいえ一国の王族に誘われながら、メネルの返答はすげないものだった。翡翠《ひすい》色の目を閉じて、取り付く島もないと主張するようにひらひらと手を振ってみせる。

「……やれやれ、残念だ。優秀な人材はいくらでも欲しいのだが」

そんなメネルの反応に、エセル殿下は嘆息した。

北方《草原の大陸《グラスランド》》の雄、《ファータイル王国》の王弟であり、この《南辺境大陸《サウスマーク》》の開拓の責任者たるサウスマーク公。

何かと苦労は多く、足りない人や物も多いのだろう。

「あと一隻、船があれば。あと一人、信頼できる能吏がいれば……君にもあるだろう、そういうことは」

「ええ。最近は……ずいぶん、分かるようになってきました」

《獣の森《ビースト・ウッズ》》一帯の領主として担ぎあげられて、あれこれ開拓を進めたりする中。

その辺りの苦労が、身に沁《し》みるようになってきた。

「そうか。河港の調子はどうだね？」

「幸い、皆さんの助けもあってなんとかやれていますが、幾つか問題もあって――」

「ふむ、言ってみたまえ。多少は助言もできるやもしれん」

「気前が悪ぃな。助言だけか？」

「もちろん物的支援もだ、先の褒美に替えていいなら、だが」

「ちっ」

エセル殿下とメネルがそうやりとりして、互いに笑いあった時。

中庭の入口の方から、砂利を踏む音がした。

「ふぅ、ふぅ……」

汗を拭き拭き歩いてくるのは、この《白帆の都《ホワイトセイルズ》》の大神殿を預かる、バート・バグリー神殿長だ。

金糸銀糸を織り込んだゆったりした神官服に、恰幅《かっぷく》の良い体。動作もセカセカしていて、日頃の重責からくるストレスと怒りっぽい性格があいまって、表情にはずいぶん険がある。

相変わらずなんというかこう、遠回しにいってあんまり良い印象を受けないお人なのだけれど——それでも僕は、変わらず彼を尊敬していた。

彼は東屋の前で、エセル殿下に向けて一礼すると、それから僕とメネルに視線を向けた。

じろじろと、観察する視線。

「……フン、無事勝利、といったところか。やれ英雄よ、無双の勇者よとおだてられ、そろそろ舞い上がって大敗の一つもするかと思ったが」

僕はそんな風に言い立てる神殿長に向けて、一礼する。

こういう風に言ってくれるお人だからこそ、僕は彼を、本当に尊敬し続けている。

満面の笑みを向けると、バグリー神殿長はフン、と鼻を鳴らしてそっぽを向いた。

「くく。バグリー、よく来たな。――では、今回の事件の報告を聞こうか」

エセル殿下は僕たちのそんな様子に笑い声を漏らすと。

それから表情を改め、真面目な顔で切り出した。

◆

「鉄錆《てつさび》の山脈に、黒き災いの火が起こる。火は燃え広がり、あるいは、この地の全てを焼きつくすであろう」

事件のあらましと元凶の退治の報告を終え、その予言について語ると同時、東屋のテーブルに沈黙が落ちた。

件《くだん》の予言を、報告しないわけにもいかない。

「……《ヒイラギの王》は確かにそう言っていました」

「《森の王》、か」

エセル殿下が唸《うな》るように言い、こめかみを揉《も》んだ。

「魔獣に悪魔《デーモン》に、一段落ついたかと思えば正体不明の『災いの火』『邪炎と瘴気《しょうき》の王』か。かねて卿《けい》より聞いた、死者の街に封印されし悪魔《デーモン》たちの《上王》の話も気になる。次から次へと、騒動が終わらんな。まったく、退屈しない大陸だ」

その様子には、だいぶ疲れが窺える。

……この方が大小の魔獣害やら悪魔《デーモン》の陰謀やらその他もろもろで、多くの対応を強いられていることを、聖騎士《パラディン》になってからの僕は幾度も見てきた。

実際に被害を受けた集落への援助。その援助を引き出すための本国との交渉。被害を予防するための騎士たちの巡回。元凶を討伐するための冒険者の臨時雇用。

それら諸々《もろもろ》を行うための書類の処理や、実際に現地に赴いての現場指揮や慰撫《いぶ》。もちろん平常の都市の統治も滞らせるわけにはいかない。

僕はエセル殿下が、ゆっくりと休みを謳歌《おうか》している光景を見たことがない。

そんな殿下を慮《おもんぱか》るように、

「狩人よ。そも、その《森の王》とはどの程度の能力を持っているのだ。その予言とやらは信頼に足るものか？」

神殿長が代わって尋ねてきた。

「名前で呼べよオッサン」

「人に言えた義理か」

「チッ」

「チッ」

睨《にら》み合いながら舌打ち。

この二人は相変わらず、あんまり相性がよくない。

「あ、あの、二人とも仲良く……」

「ふん。この礼儀知らずと仲良く？　冗談もほどほどにせい」

「けっ、まったくだ。俺はこういう尊大なやつが大嫌いなんだよ」

バグリー神殿長は腕組みをして見下ろすように。

メネルは眉をひそめ頬杖《ほおづえ》をついて、互いに不仲をアピールする。

親友と尊敬する人が犬猿の仲というのは、本当に困る。思わずおろおろしてしまうのだけれど、

「だが、取引相手としては申し分なかろう？」

エセル殿下が、からりとした調子で二人に笑いかける。

「……ま、確かに。有能なことは承知しております」

「そうじゃなかったら同席すらしてねぇよ」

不本意そうに答える二人。

エセル殿下がちらりと僕に視線を向けて、片目を瞑《つぶ》ってみせた。

「まぁ、そうだな。仕事だから答えるけどよ。……見てくれ」

メネルが携えていた革の容《い》れ物から地図を取り出し、机に広げた。

なかなか精巧に作られたそれは、僕たちが懇意にしている商人のトニオさんから手に入れた、《大連邦時代《ユニオンエイジ》》のこの地域の詳細な地図だ。

二百年前の地図ということでだいぶ変動しているそれには、いたるところにメネルの書き込みによる補正が加えられている。

皆が地図を覗《のぞ》き込むと、彼の指が、その地図の上をなぞる。

「そもそも《森の王》ってのは近隣一帯の大地、そのマナの循環路たる地脈《レイライン》の結節点――」

指で引かれた架空の線。

地脈《レイライン》を指すであろうそれが多く交差する一点を、彼が指差す。

「いわゆる《座所》の主を指すわけだ。その正体となると、樹木や大岩石に宿る精霊、あるいは《座所》をねぐらにする年経た獣が知性を得たもの等、さまざまだが……」

垂れた銀色の髪を耳にかけ、メネルは一息。

「いずれも、百年や二百年じゃきかない年月を生きてる上に、地脈《レイライン》に直結してる存在だ。多くの記憶と知識を蓄え、地脈《レイライン》の繋がる全ての領域からのマナを己の身の内に取り入れ続けている、森の心臓。森の頭脳だ」

この世界は《ことば》によって成り立っている。

優れた魔法使いなら、たとえば木々のざわめき、森の木漏れ日の影などの、そのマナの揺らめきから微《かす》かな《ことば》を聞き取り、読み取ることができる。

……もちろん、そこから読み取れる情報は、限りあるものだ。

僕や、僕の育ての親である《彷徨賢者《ワンダリングセイジ》》たるガスほどの使い手でも、木々のざわめきを聞いただけで何もかもを知ることはできない。

けれど、それは僕たちが人間の思考の枠内で《ことば》を読んでいるからだ、ともガスは言っていた。

より自然に親しい存在であれば――

「定かならぬ未来すらある程度は読んでのける神々ほどじゃねぇが、《森の王》が口にするからには、相応の根拠に基づいた予言っつーか、予測と考えていい」

「……むぅ」

メネルが硬い口調でそう言うと、バグリー神殿長は静かに唸った。

「……優先的に対処しなければならん事柄のようですな、殿下」

「ああ。――《鉄錆山脈《ラストマウンテンズ》》。滅びしドワーフの都、悪魔《デーモン》どもの巣窟か……」

東屋《あずまや》の陰の下、皆が深刻な顔になっている。

無理もない。特筆するほどでもない事件も含め、ここのところずっと騒動続きだった上に、更に悪魔《デーモン》の巣窟から広がるという『災いの火』だ。

誰だって気が滅入《めい》ってしまうだろう。

——だから、僕は笑うことにした。

「それはいいですね！」

三人の視線がこちらに向く。

僕はつとめて、満面の笑みを浮かべた。


「——つまり、暴れ放題ってことですよね！」


鍛え抜かれた筋肉による暴力があれば、大体の問題は解決できる。

ブラッドはとても良いことを言う。

「問題の位置も判明していて、人を巻き込む恐れがないくらい荒れ果てた敵地！　つまりこれは僕向きの案件……！」

ぐっと拳を握ってそう言うと、エセル殿下も釣られるように笑ってくれた。

「ハハ、そうだな。確かにそうだ。……任せられるかな？　聖騎士殿《パラディン》」

「もちろんですっ」

そのやり取りに、バグリー神殿長とメネルがやれやれ、と同時に息をつき、互いに気づいてフン、と視線を逸《そ》らした。

「お求めとあらば、すぐに手勢を揃《そろ》えて仕掛けますが――」

「いや、そこまで焦る必要はなかろう」

エセル殿下が苦笑し、僕もその言葉に頷《うなず》いた。

暗い空気をほぐすために、わざとらしく調子のいいことを言ったけれど、僕も同意見だ。

頭の回転が速い人たちばかりだから、この場の誰もが気づいているだろう。

――《ヒイラギの王》は『災いの火』について「遠からず、来たる」と言ったけれど、今年の秋について「豊かな実りを約束」した。

つまり、《森の王》にも読めないような不測の事態がなければ、少なくとも秋までは安全と見ていいのだ。

「《鉄錆山脈《ラストマウンテンズ》》については、我々もあまり詳しいことは把握していない。情報収集を含め、一任して良いだろうか」

「はい。友人の吟遊詩人《トルバドール》や、河港のほうに住んでいるドワーフさんたちにあたってみます。……《森の王》の予言については、当面、この場にいる面々のみの秘密ということで」

皆が分かっている、というように頷く。

夏から秋は、人口のもっとも多くを占める農民層が忙しい時季だ。

まだ夏の小麦の収穫も終わっていないし、秋になれば冬麦の作付けをして、家畜を森の木の実で肥やし、果実を収穫してお酒造りも待っている。

皆、魔獣や悪魔《デーモン》の脅威がやっと軽減されて、安定し始めた生活の中、実りと収穫を心待ちにしているのだ。こんな時期に不穏な噂《うわさ》を流して、不安を煽《あお》りたくはない。

「大丈夫、きっとなんとかなります」

つとめて微笑《ほほえ》んで言うと――

「卿《けい》にそう言われると、そんな気もしてくるな」

「……ふん。英雄扱いにのぼせあがって、油断するでないぞ」

エセル殿下は笑い、バグリー神殿長はいつもの調子で心配してくれた。

僕はメネルと視線を合わせて、少しだけ苦笑した。

◆

それから諸々の細かい事柄を話し合うと、僕たちは領主館を出た。

殿下と神殿長は、更に話し合うことがあるらしいので大変だ。

「で、どーするんだ。差し当たって」

「まずはビィのところに行こうか、《鉄錆山脈《ラストマウンテンズ》》の情報集め。今の時間なら広場だよね」

「ん」

街路を歩きながらの言葉に、メネルは頷き外套《がいとう》のフードを目深に被《かぶ》った。

人目を憚《はばか》るのには、ちょっとした理由がある。

「……げ」

メネルが予想通り、とでも言いたげに顔をしかめた。

目的の広場には、三弦楽器《レベック》の音が響いていた。


「凶相の魔獣、最果てに跋扈《ばっこ》す。

車馬と人の、行き交いは絶え。

嘆きの声を、北風がかき消す。

森に響くは、獣どもの遠吠《とおぼ》え」


歌われているのは……聞き覚えのある武勲詩だった。

魔獣を操る悪魔《デーモン》の害に苦しむひとびと。

そこにどこからか、灯火《ともしび》の神の加護を受けた一人の若き神官戦士が現れる。

若き戦士は困窮から悪に手を染めようとしていた、美しいハーフエルフの狩人《かりゅうど》を改心させ、そして友となった彼の苦境を救い、ともに街に向かう。

しかし彼が街で遭遇したのは、街を襲う飛竜《ワイバーン》。

その首を素手でへし折って名をあげ、領主に民の窮状を訴えるや、その覚悟見事とて聖騎士《パラディン》として叙勲される。

そして、その名を慕い集うは、勇敢なる冒険者たち。

いよいよ魔獣を操る悪魔《デーモン》たちの本拠である、荒れ谷へと向かう聖騎士《パラディン》一行。

しかし卑劣な罠《わな》にかかって、彼らは一度敗走を余儀なくされる。

封じられた邪悪な魔剣の力でその場を切り抜けるが、しかし重傷を負った友に、魔剣の闇に呑《の》まれかける聖騎士《パラディン》。

狂戦士に成り果てようとする彼を、しかし友たるハーフエルフの拳と言葉が引き戻す。

熱い涙と抱擁。

そして彼らは再び結束を取り戻し、魔獣たちとの戦いに挑む。


「斯《か》くて谷征《ゆ》く英雄たちに、立ち塞がりしは大魔獣。

獅子《しし》の頭に鋭き爪牙《そうが》、山羊《やぎ》の頭に邪悪な魔法。

竜の頭に紅蓮《ぐれん》の猛火、蠢《うごめ》く尻尾は毒の蛇。

猛《たけ》る叫びは風を裂き、歩む足下に地が揺らぐ」


魔獣たちを率いるは、三つ首の大魔獣キマイラ。

戦士たちは盾の壁を構え、剣を振り上げると魔獣の群れに勇壮に挑みかかる。

その中には、誰よりも疾《はや》く鋭い剣を使う、《つらぬき》の二つ名を持つ剣士もいる。

「《最果ての聖騎士《パラディン》》ウィリアム、
《はやき翼《スウィフトウィングス》》のメネルドール、
ともに疾駆す」

そして、このへんから歌い手の語りに熱が入り始めた。


「ああ、歴史のうちに失われし、偉大なる神！　寡言なる魂の導き手！

生々流転を司《つかさど》りし、灯火の神グレイスフィールよ！

今また、辺境の闇に英雄を導き、再びその輝きを世に現すか！」


キマイラ戦はそりゃもう壮絶だった。

なんかウィリアム卿《きょう》さんはその剛力をもって、キマイラと取っ組み合いをして、素手で殴り飛ばしたりしている。

あ、殴られたキマイラが吹っ飛んで、ぶつかった岩が割れた。

すげー、と僕は思わず感心してしまった。なんという英雄なんだ。

「…………」

なお、隣のメネルは、なんとも渋い顔をしている。

ハーフエルフの狩人に関しては、美麗な描写がマシマシだ。

彼が活躍するたびに、聴衆の、特に女性がキャアキャアと黄色い声をあげている。

「あはは……」

茶色っぽい毛をした碧眼《へきがん》の若者なんていくらでもいるので、僕の方は、そこまで目立たないのだけれど……メネルはハーフエルフで、銀の髪に翡翠《ひすい》色の瞳と、これでもかと特徴的だ。

なんだかんだ注目をあびることになるので、多少の不快感を覚えてはいるのだろう。

けれど、

「…………」

人混みの向こうから聞こえてくる、熱の入ったキマイラ退治の武勲詩に。

その誇らしげで、楽しげな歌声に――

メネルはふっと、表情を緩めた。

「……ったく」

仕方ねぇな、と言わんばかりの苦笑だった。

同時、わぁ、と大きな歓声があがる。

――ウィリアム卿がその愛槍《あいそう》で、キマイラの獅子の頭を貫いたところだった。

◆

武勲詩が終わり、おひねりが投げられて。

聴衆が散った頃を見計らって、片付け中の吟遊詩人《トルバドール》に手を振り、控えめな声で呼びかける。

「ビィ」

それだけの声で、尖《とが》った耳がぴくりと動いた。聞こえたようだ。

「……！」

彼女はぱっとこちらを振り向くと、輝くような笑みを浮かべて僕たちへ駆け寄り、

「来てたのね！」

勢い良く飛びついてきた。

「たまたまね！」

受け止めて、石畳の上をぐるぐる回ってみせると、彼女はキャッキャと楽しげに笑った。

癖のある赤毛に、愛嬌《あいきょう》のある表情。子供のような体格をした、小人族《ハーフリング》の吟遊詩人《トルバドール》。

僕たちの友人であるロビィナ・グッドフェローは、今日も快活だった。

「相変わらず、評判いいね」

「もうね、おかげさまで定番の演目よ！」

ほらっ、とビィは沢山の銅貨や銀貨が入った籠を見せる。

「今日も大儲《もう》けっ。いえい！」

「ったく、人の苦労で山ほど儲けやがって」

メネルが冗談めかして笑って言うと、

「しょうがないわねぇ。ちょうどお昼時だし、ちょっとくらい還元したげよーじゃありませんか！」

ビィは笑って、腰に手を当てて僕たちを見上げる。

「二人とも、何が食べたい？」

「肉だな」

「アンタのファンが嘆くわねその選択」

「うるせぇ」

「もちょっとこう、ないの？　なんかエルフ的に優雅な、ほら」

「んじゃ、つけあわせに野菜のついた肉」

「…………」

僕は思わず笑ってしまった。

詩ではエルフというのは森の奥に住まい、自然と調和する雅《みやび》な部族ということで、あんまり肉食のイメージがないらしいけれど。

実際には森に暮らし森に調和するということは、捕食者として獣の肉を食らうということでもあるのだ。エルフが射手として名を馳《は》せるのは、彼らが優秀な狩人だからであると、昔ガスから習った覚えがある。

そして実際、メネルもけっこう肉食派だ。

「ウィルは何がいい？」

「僕も肉かな、せっかく都にきたんだし」

「やっぱ戦士どもは肉食ねー」

——少し余談になるのだけれど、農村部だと、家畜の肉を食べる機会というのは少ない。冬の間に維持できない家畜を秋に潰してしまう時と、老いた家畜が死んだ時が主だろうか。

なんだかんだ牛馬は貴重な労働力だし、家畜一頭を屠殺《とさつ》して解体するのはずいぶん手間がかかる。加えて言えば、都市部に連れて行って売れば現金収入にもなるのだ。

そのへんの色々な事情によって、農村部だとパンとか麦粥《むぎがゆ》にプラス豆、たまに猟師が捕ってくる鳥獣の肉、とかが毎日の食事になるのだけれど……

都市部だと農村部から生きたまま連れられてきた家畜が、毎日屠殺、解体されて、お肉屋さんの店先に並んでいる。

人口が多いから「今日は肉を」という需要が常にあって、それによって専門の業者や店舗が成立するのだ。

そして専門のお店があれば、それを当てにしてお肉を出す食堂も増える。

そういうわけで都市のほうが、安定して肉料理にありつけるのだ。

食べない手はない。

「まったく雅さに欠けるったら」

「そういうお前は何が食いたいんだよ」

わざとらしく手を広げるビィに、メネルが問いかける。

「あたし？　んー……」

赤毛の吟遊詩人《トルバドール》は少し考える素振りを見せて、それから、

「肉かな！」

と笑った。

◆

お昼前。

肉食動物三人で、肉の匂いに引き寄せられるように、混み合う前の大衆食堂《タヴァーン》に入る。

「おっちゃーん、今日はなにー？」

「羊の塩茹《しおゆ》でだな！」

ビィが四人掛けのテーブル席を確保しながら、大きな鍋で何かを茹でる褐色の肌をした店主さんへ声をかけると、威勢のよい声が返ってきた。

「わあ！　じゃあそれ三人前、大盛りで！」

「あいよ！」

皿に盛られて出てきたのは、よく茹でられて湯気をあげる、ごろりとした骨付きの肉の塊だった。

付け合わせに茹でた野菜に、前世の饅頭《まんとう》とかに近い感じの、小麦を練って発酵させて蒸したパン。

この《白帆の都《ホワイトセイルズ》》は内海に面した港町ということもあり、多様な地方の食文化が見られて面白い。

「あ、これ、《乾きの風の地《アリードクリメイト》》の料理ね？」

「おう、俺の故郷の飯だ」

ビィがひと目で料理の出所を看破した。

《乾《アリードクリメイト》きの風の地》――聞いた覚えがある。

気候的には冷涼。その名の通り乾燥した風が吹き渡り、広い草原や荒野が広がる、遊牧の民の地だったはずだ。

はるか東方諸国へ向かう隊商が行き交うけれど、妖鬼部族の支配する高原なども点在していてかなりの難所だとも。

そして聞いた話で印象深いのは――

「あのあたり、半人半馬の馬人族《ケンタウロス》がいるってホントですか？」

尋ねてみると店主さんは笑って頷《うなず》き、

「おう、いるぞ。そりゃおっかない弓の達人揃《ぞろ》いだ。……それじゃ、たんと食いな」

と調理場へ戻っていった。

フードをかぶりっぱなしのメネルが羊肉をしげしげと眺め、

「首の下からアバラらへんだな」

と、肉の部位を判別した。

美味《おい》しそうだ。期待が高まる。

けれど、いきなり手をつけたりはせず、まずは一息。

「地母神マーテルよ、善なる神々よ、あなたがたの慈しみにより、この食事をいただきます。ここに用意された食物を祝福し、わたしたちの心と体を支える糧として下さい」

手を組んで、

「聖寵《みめぐみ》に感謝を。……いただきます」

「感謝を」

「いただきまーすっ！」

いつもの祈りを捧《ささ》げると、メネルとビィも付き合ってくれた。

それぞれ自前のナイフを取り出して拭うと、茹でた羊肉の塊、骨付きのそれに刃を入れてゆく。

「………」

こう、皆それぞれ手元の肉をナイフで解体していると、ついつい無言になってしまう。

人は蟹《かに》を食べると無口になるというけれど、どうやら羊もそうらしい。

ナイフを入れて、一本の骨を周辺の肉ごと外して、かぶりつく。

――口の中に、少し濃いめの塩気と、肉の旨味《うまみ》が広がる。

羊肉の少し癖のある香りと、嚙《か》みごたえ。

嚙むごとに味が染み出してきて、肉を食べてる！　という感じだ。

ふわりとした小麦の蒸しパンは、風味があるけれど味は薄くて、白ご飯のように合間に食べるとお肉が進む。

「……美味しい！」

「こりゃ当たりだな」

「ね！　あ、パンに挟んで食べても美味しいのよ」

「なるほど、その手が」

付け合わせの茹で野菜と、削《そ》ぎ落としたお肉を、裂いた蒸しパンに詰める。

美味しい。

けれど、そのあたりでいったん手を休め。

「ところで、ビィに聞きたいことがあるんだけど」

と、僕は本題を切り出した。

「ん、何？」

「ちょっと案件が持ち上がって……《鉄錆山脈《ラストマウンテンズ》》について、できる限りのことが知りたいんだけど」

「《鉄錆山脈《ラストマウンテンズ》》について？」

ビィは塩茹で肉とナイフからいったん視線を外して、僕の方を見ると、

「詩人の詩はタダじゃねーわよー？　情報のお代は？」

ニヤリと悪戯《いたずら》っぽく笑いかけてくる。

「お、お代？　えっと」

「《鉄錆山脈《ラストマウンテンズ》》に出向くことになったら、真っ先に土産話を語ってやるよ。最新の冒険譚《ぼうけんたん》

の素材だ、それでいいだろ？」

僕がなにか言う前にメネルがさっと口を出し、

「おっけ商談成立ね！」

と、ビィが頷いた。

気軽な言葉に対して、つい考えすぎてしまう。瞬発力が足りないなぁ、と僕は思う。

「っていっても、そこまで詳しくはないんだけどね」

と、ビィはナイフと塩茹で肉をいったん皿に置いて、語り出した。

「《鉄錆山脈《ラストマウンテンズ》》は二百年前には、《くろがね山脈《アイアンマウンテンズ》》と呼ばれていたそうよ。

そこには炎と技巧の神ブレイズの眷属《けんぞく》たる山の民、ドワーフたちの地底王国、《くろがねの国》が存在してね——」

当時の《大連邦《ユニオン》》にも名を連ねる、精強な国であったとビィは語る。

「けれど、二百年前の大乱でそれも失われたわ。

悪魔《デーモン》たちの侵攻を押しとどめるため、岩の館のドワーフの大君《たいくん》は、多くの精強なる戦士たちとともに、山を枕に討ち死にした。

……多くの血が流され、多くの武器が散乱し、悪魔《デーモン》たちの巣窟となった山は、《くろがね山脈《アイアンマウンテンズ》》はいつとも知れず、《鉄錆山脈《ラストマウンテンズ》》と呼ばれるようになったそうよ」

それは黒鉄《くろがね》の成れの果て。

流れる血の錆《さび》の臭いと、錆に侵され朽ちる武器とに満ちた、かつての栄光の無残なる残骸。

「その際の戦で何があったか、細かい話はあたしも知らないの。ホントに全然、情報がない」

「それは、なぜ？」

「山を枕に戦った、ドワーフ戦士と人民が、文字通りに全滅したため。そして……」

ビィは、一つ息を継いで、

「国を逃れたドワーフの民の運命が、あまりに過酷であったため。……ウィルも一年くらい前に、ドワーフの流民を保護したんだから知ってるでしょ？」

思い出す。

泥に汚れて、ひどい臭いを漂わせて、こけた頰にボサボサの頰髭《ほおひげ》を生やし、疲れきった目をした彼らを。

「戦乱で故郷を逐《お》われた民に、何が降りかかるかなんて知れたものよね。

……だからこそ彼らは、故郷の山と、その最後の戦いについて語りたがらないの。

それは辛《つら》く苦しい、悲劇と屈辱の記憶でもあり――同時にその栄光の記憶こそが、彼らが誇りと絆《きずな》を保つための、唯一無二の縁《よすが》だから」

楽器もなく。

ただ無造作に語るだけでも、ビィの語りにはある種の迫力があった。

流暢《りゅうちょう》で聞き取りやすい抑揚の利いた声と、聞くものを引き込む間の取り方。

「だから、それは彼らの内にだけ秘められたもの。

滅びし《くろがねの国》の民ならぬ人々は、それを知らない」

そういうわけで、そのくらいしか分からないの。

ごめんね、とビィは苦笑した。

「それ以上のことは——確かあなたの河港のほうに、ドワーフ移民がいたわよね」

「うん」

「その辺のことを弁《わきま》えたうえで、他ならぬあなたが尋ねるなら……聞き出せるんじゃあないかしら、きっと」

「………ありがとう」

僕はビィに微笑《ほほえ》みかけ、頷いた。

彼らは僕に、どこまで語ってくれるだろうか。

——ドワーフさんたちの厳《いか》つい顔を思い浮かべながら、僕は山の民の、その王国の隆盛と滅びに思いを馳《は》せた。

◆

それから、またしばらくふらりと歌いながら放浪する予定だというビィと別れると、僕とメネルは《白帆の都《ホワイトセイルズ》》を出て南下。

数日かけて《獣の森《ビースト・ウッズ》》へと戻り、妖精の小道へと踏み入った。

再びの不思議な光景。めまぐるしく入れ替わる昼と夜、蠢《うごめ》く森と囁《ささや》き交わす妖精たち、ひどく深い闇。相変わらず背筋がピリピリするその場所を、畏れの気持ちを抱きつつ慎重に歩み、半日ほど。

妖精の道の出口、不思議な光の輪をくぐり抜けると、視界が一気に広がった。

——吹きつけてくる、風を感じる。

気づけば、僕は夕暮れの丘の上に立っていた。

無数に屹立《きつりつ》する木々の向こう、茜色《あかねいろ》に染まった空に、橙色《だいだいいろ》の太陽が沈んでゆく。

辺りの空は夜の色に染まりはじめ、星のきらめきが微《かす》かに見える。

見渡すかぎりの森と、それを貫くように蛇行する大河。

視線を動かせば、その大河に寄り添うように、街がある。

街は二つの色に分かれていた。

くすんだ灰色と、絡みつく植物の緑の色に満ちた、遺跡の街。

それに寄り添うように広がる、柔らかな煉瓦《れんが》屋根の赤と漆喰《しっくい》の白。人々の往来する生きた街。

——かつて、あの不死神との戦いと、三人との別れの後。

死者の街から川沿いに北へと下り、そしてメネルと出会う前に見た、あの半水没の都市。

そこは今まさに、人の手によって再開発が行われているところだった。

「……こうして見ると、けっこうデカくなったよなぁ」

メネルがぽつりと呟《つぶや》いた。

「うん。たった二年で、ずいぶん広がったよね」

そんなことを話しながら丘を下り、街の人たちに挨拶しながら夕暮れの通りを歩く。

船着場のあたりで、トニオさんを見つけた。

倉庫番の人と何やら話し合っていたトニオさんは、僕たちに気づくと話し合いを切り上げて、軽く手を振りながら歩み寄ってきた。

「お二人とも、おかえりなさい」

「はい、ただいま戻りました！」

「随分お早いお戻りですが、異変の方は——」

「無事に解決しました、殿下へも報告済みです」

そう言うとトニオさんは目を丸くした。

僕とメネルは視線を交わし、悪戯っぽく笑いあう。

「まったく、本当にすさまじいですね。今度はどんな手品なのですか？」

「妖精使いの秘術ってやつだ。……輸送には向かないんで、商用向けじゃねぇかもな」

「情報の取得には便利そうですね。よければ後でお話をお聞かせ下さいな」

「おっ、秘術っつってんのに聞き出そうって？　商魂たくましいねぇ」

「商人ですから」

笑うトニオさん。

彼は初めて会った時は相当くたびれた印象だったけれど、ここのところなんというか、いくらか精気を取り戻した感がある。

やはり商売がうまくいっていると、自信とか充実感とかそういうものが、表情にも表れるのかもしれない。

……あのキマイラ退治のあと、冒険者さんたちがまだ皆まとまっているうちにトニオさんが立案したのが、この都市の再開発だった。

多くの歴戦の冒険者パーティにより、遺跡に巣くう諸々《もろもろ》の危険の大規模な掃討を行った後。

エセル殿下の支援を得て河港の整備を行い、遺跡の建材を分解して新たに家を造り直し。

そしてそれを作業拠点に、樹木豊かな《獣の森》《ビースト・ウッズ》から伐採をしては筏《いかだ》を組んで、河の流れに沿って流し……《獣の森》《ビースト・ウッズ》の最奥で、トニオさんは材木業を始めたのだ。

これが、当たった。

もともと《白帆の都》《ホワイトセイルズ》近辺では、発展に伴い、建材となる木材や燃料の薪《まき》が不足していた。

一方で《獣の森》《ビースト・ウッズ》はその上流に位置し、再開発可能な河港の遺跡もあり、木材資源も豊富。

需要があるところに、それを供給する算段をつけられれば、それはもう儲《もう》かる。

当然といえば当然だけれど、その当然な筋をきちんと見極めて行うあたりが堅実で、トニオさんらしい商いだった。

……一方、僕の方はといえば、キマイラ退治の後、周辺地域の合議の流れで領主に担ぎあげられはしたけれど。

なんというか僕に期待されているのは、腕尽くで地域の安全を確保できる武力であり、地域を代表して王弟殿下と交渉の場に立てる聖騎士《パラディン》という肩書きだ。

そうそう決裁すべき事項が山のようにあるわけでもない。

どころか、領主といっても家すらなかった。

……繰り返すけど、家すらなかった。

どこかの村に住まわせてもらうというのも考えたけれど、新たに僕が参入するということは、村落の階級構造の上の方に僕が割り込むということでもある。

面白くない人もいるだろうし、僕を利用しようとする人もいるだろう。

加えて言えば村落間の関係で、僕の存在を利用して自集落の立場を優位に——などと考える人が出るのも、当然の流れだと思う。

そのへんの巻き起こるであろう軋轢《あつれき》を考えると、考えなしにどこかの村に住まわせてもらうというのも、躊躇《ため》らわれた。

あるいは定住せず、領内を旅して回る統治法というのもないわけではない——前世の歴史上にもあった——けれど、色々と問題の多い方法でもあるので、これも避けたいところだった。

そういうわけで、僕はトニオさんの商いに乗った。

出資し、安全確保を手伝い、そのついでに新たにできたこの街に居所を定めたのだ。

メネルや、レイストフさんをはじめとした冒険者さんたちと、街の安全確保のため、魔獣や悪魔《デーモン》の討伐の指揮を執り、施療を行い。

時には求めに応じて《獣の森《ビースト・ウッズ》》の各所に出向いたり、バグリー神殿長からお借りしたアンナさんをはじめとする神官さんたちや、エセル殿下と諸々の調整を行ったり。

そんな風にして、僕は日々を過ごしていた。

——ちょうどその頃だ。

森がけっこう安全になったと聞いて、山の民、ドワーフの一団がやってきた。

彼らと最初に森で会ったのは僕なのだけれど、ずいぶん汚れてドロドロになって、飢えと獣に怯《おび》えながらようやく辿《たど》り着いたといった風で。

とても苦労している様子だったから、食べ物と当座の宿を手配して、仕事探しを手伝おうとした。

ドワーフというのは手先が器用で職人向きの種族とはいえ、流浪の身の彼らに、高度な専門知識は期待していなかったのだけれど――話してみると意外なほど、鍛冶とか皮革の加工とか、あるいは木工、陶芸、機織り、大工仕事なんかの知識がある人が多かった。

いったいどうしてそんなに辛い思いをしながら、わざわざ《獣の森《ビースト・ウッズ》》の最奥などに来たのかと問うたのだけれど、彼らはそこについては語らなかった。

ともあれ、そういった技術を持つならということで、僕は遺跡探索などで得た手持ちの金銭の大半を、彼らの技術に投資することにした。

伐《き》り出された木材を加工するための木工所や、狩られた魔獣の革を製品化するための皮革の加工所。あるいはちょっとした鍛冶場とか、炭焼きや陶器のための窯。

そういうものを作るための資金を貸しましょうと額面を伴った提案を行うと、彼らは目を丸くして驚いていた。

そして、いったいどういう恐ろしい利子や条件をつけられるのかと警戒するように、戦々恐々と条件交渉の席につき、提示された利子や条件にまた目を丸くした。

……けれどあの当時の僕としては、それは必然の選択だった。

生まれたばかりの集落を維持、発展させようと思えば、織工、木工、石工、大工に、鍛冶、皮革、炭焼、その他もろもろ必要なものは信じられないほど多い。

最初はある程度、ありものの購入や素人仕事でごまかせても、いずれは技術を備えた専門職さんは必要だ。

けれど、手に職を持ちながら《獣の森《ビースト・ウッズ》》の奥地に来ようなどという、物好きな職人さんなどそうそう何人もいない。

そんな喉から手が出るほど欲しい技術を持っている人が、向こうからふらふらと現れたのだ。木材の積み下ろしみたいな単純労働で遊ばせておくなんて、もったいないことができるわけがない。

全力でおカネを費やす価値があった。

……けれど、ただ金銭を貸し与えるだけでは「何か魂胆があるのでは」と疑われるだけだ。

ことに彼らの中には、放浪の間に色々とあったのか、ずいぶんと警戒心が強くなっている人も多かった。

頑なに「借りなど作るべきではない」と主張する人が幾人もいたのだ。

そういうわけで彼らの信頼を得るために、幾度も彼らを訪ねて、何度も何度も事情を説明した。

——何度目の説得だっただろうか。

貴方《あなた》たちが必要なのですと頭を下げると、彼らの頭目であるアグナルさんが、

「……このお方に騙されるのであれば、もう、仕方がないと思うがね。どうかな、皆よ」

と言い添えてくれたのが、とても嬉しかったことを覚えている。

そうしてしばらくして各種の工房ができ、槌《つち》や鋸《のこぎり》、機織りの音が響き、窯には炎が灯るようになった。

工房ができれば、そこで働く人たちを目当てにお店を開く人も出てくるし、《白帆の都《ホワイトセイルズ》》に向けて出荷する品目が増えれば、大河を往来する河船も増える。

もちろん河船も空荷で遡上するのはもったいないから、この街向けに売れそうなものを満載して上ってきて、それを売っては街の製品を積載して下ってゆくようになり——

モノとおカネがぐるぐる回り出し、それに呼応して人の流入も増加。

今、半水没の都市の遺跡だった場所は、どんどんと河川貿易の拠点になりつつある。

革製品や木工品を載せた船が、丸太と一緒に河を下って行っては、川下からは商品を積載した船が帆に風をはらんで上ってくる。

家々は日に日に増えるし、建物を作る職人さんたちの槌音や鋸引きの音は、日中ずっと止《や》むことがない。

僕はそれが、なんだか嬉《うれ》しい。

「さ、帰りましょうか」

「はいっ」

——今、この街のことを、人は《灯火の河港《トーチ・ポート》》と呼んでいた。

二章

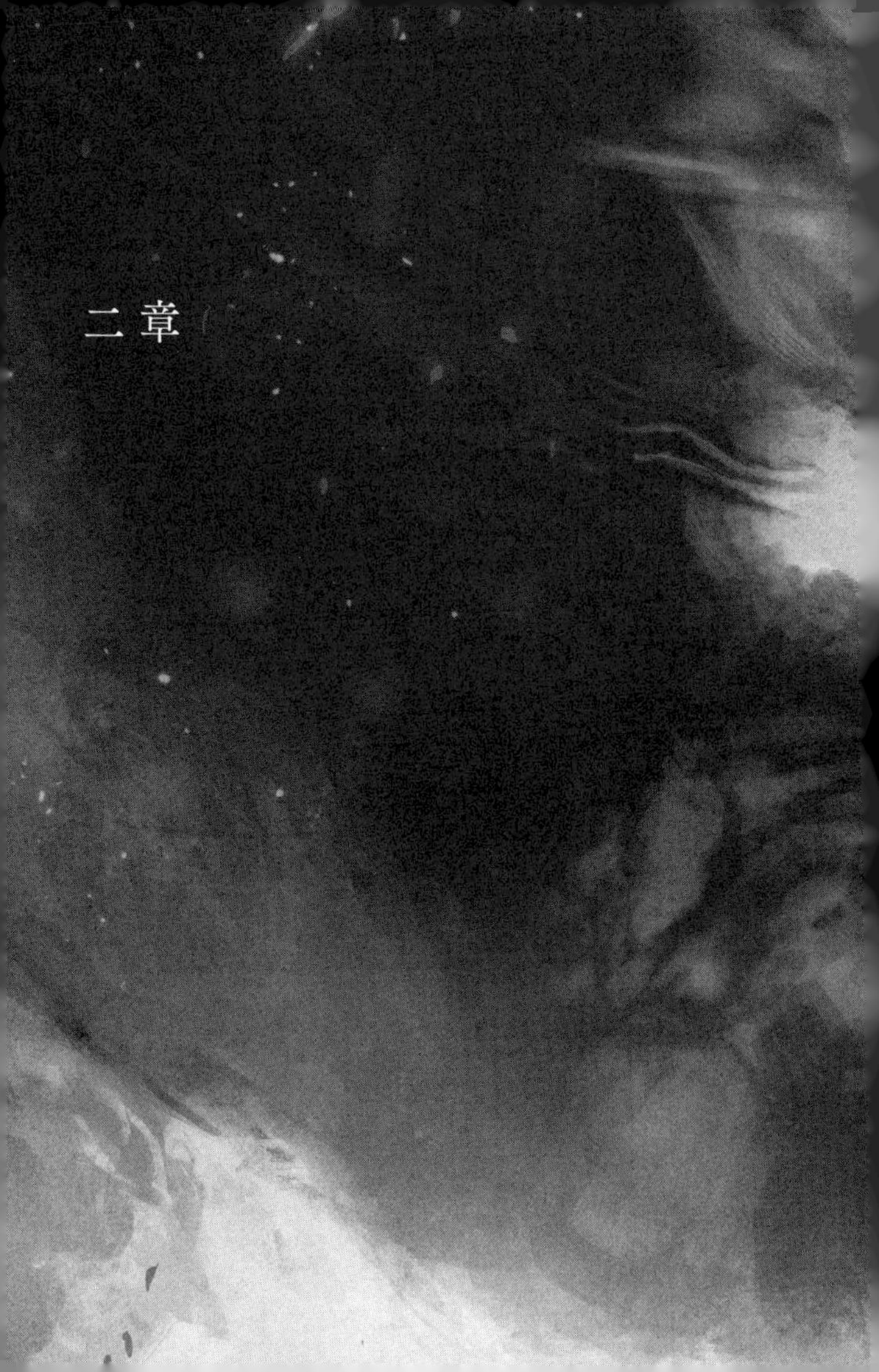

《灯火の河港《トーチ・ポート》》の自宅で眠りについた、その晩。

　僕は、夢を見た。

　あの懐かしい、死者の街の夢だ。

「よいか、ウィル。……そも、精霊とは何か」

　青白い姿をしたガスが、顎を撫《な》でる動作をしながらゆっくりと語る。

「遥《はる》か古《いにしえ》、創造の神は言葉を発し、しるしを刻み、太陽と月をつくって昼と夜を分け、水を集めて海と大地を分けられた。火が生まれ、風が生まれ、木々が生まれた。

――神々よりも、人よりも先にのう」

　ブラッドも、その骨の体を壁際にもたせかけて、ガスの授業を聞くともなしに聞いている。

　そんな、穏やかな午後の一時。

「その水や、土、火や、風や、木々には、始祖なる神の偉大な《ことば》が宿っておる。それらは単なる現象ではなく、明確な意思を持っておった」

「意思を持つ現象……？」

「想像がつかんかもしれんが……ううむ、この場には妖精使いはおらんしのう。連中がいれば、シルフでも踊らせて、簡単に説明できたんじゃが」

ガスはまぁ良い、と首を振った。

この「まぁ良い」は、「まぁどうでも良い」ではなく、「まぁどうせそのうち出会うから、とりあえず頭の隅にとどめておけば良い」の「まぁ良い」だ。

実際のちにメネルと出会ったので、今では「意思を持った現象」というものも理解はできる。

「この精霊は、その後、意思持つがゆえに二つの系統に分かたれた。まず一つは、下位の眷属《けんぞく》たる妖精たちとともに、不安定な現象に寄り添いながら、永く在り続ける在り方じゃ。……今も火の山にゆけば、妖精使いには無数の火の妖精たちを従えた《火の王》たる精霊の姿が見えよう。大海の渦深くには《海の王》がたゆたい、樹海の深くには《森の王》が静かに佇《たたず》む」

妖精使いというのは、現世と二重写しの幽世に在る、精霊や妖精を知覚、交信できる連中じゃ。つまりは巫覡《シャーマン》じゃな。

そんなガスの言葉を聞いて、頷《うなず》き、そしてメモを取る。

物事を覚えるとは、とにかく聞いて、考えて、書くことにつきる。

「しかしもう一派は、異なる道を選んだ」

「事象のうちに偏在し、時に在り時になく、そしていつしか掠《かす》れ揺らぐように消える、曖昧で生死不分明な精霊の生き方ではなく。

クッキリと明らかに生き、明らかに死ぬ、肉の身を持つものたち――人間の生き方じゃ」

幽霊《ゴースト》のガスがそれを語るというのは、少し皮肉めいていていて。

ガスもそれを分かっているのか、肩をすくめた。

「連中は、人間に恋をしてしまったわけじゃ」

ガスのロマンティックな物言いに、ブラッドが「ぶふ！」と噴き出した。

瞬間ガスがブラッドに向けて、念動で小石を吹っ飛ばす。

「イテッ！　何すんだよ爺《じい》さん！」

「うるさいわ！　黙っとれ！」

まったく、とガスはぷんすか怒りながら言葉を続ける。

「肉の身を持つ生命に憧れた精霊のうち、風や水、木に属するものは、森の女神レアシルウィアに相談をもちかけた。

この女神は享楽的で、気まぐれじゃったが、じゃからこそ移り変わる現象たる、それらの精霊たちとは親しかったのじゃな」

そして女神は、この精霊たちの願いをよしとした。

「異なる道って？」

「そうして女神レアシルウィアの眷属として、エルフが生まれた。彼らは木々のように長い寿命をもち、はやてのように俊敏で、流れる清水のように優雅な種族じゃった。

恋多き女神は、人間に憧れた精霊達の想《おも》いを汲《く》んで、彼らを人間とも番《つが》えるようにした。

……人間とエルフの間に、混血児が生まれるのはそのためじゃと言われておる」

そこまで言って、ガスは肩をすくめた。

「じゃが、昔から『隣人の麦はよく実って見える』と言うように、それが手元にないからこそ憧れる、ということもある。人に積極的に交じってゆくエルフもおれば、思ったよりも不自由な肉の身に、精霊の時代を懐かしむものもおった。

……焦がれるままに人に交じっていった上古のエルフは、混血と寿命により時とともに自然と姿を消した。今でも時たま、人の親同士からハーフエルフが生まれることがあるが、これは彼らの名残じゃな。

一方で精霊の時代を懐かしみ、森深く、仲間同士で閉鎖的に生きておったエルフたちはその純粋性を保った」

「……えっと、それは」

「別にどちらが良いとか、何がどうという話でもないわい。ただ、それぞれそういう選択をした連中がおったと、そういう話じゃな」

なんだか少し考え込んでしまいそうな話だったけれど、ガスは割合あっさりした調子だ。

「んな調子なんで、現存するエルフ連中は結構閉鎖的だ。……親しくなってみりゃ気のいい奴《やつ》らなんだが、その身内認定がけっこう遠いんだよな」

ブラッドが、補足するように言葉を繋《つな》ぐ。

「連中は細っこいが俊敏な戦士で、腕のいい狩人《かりゅうど》だ。もとの筋をたどれば精霊だからな、妖精使いの素養を持つ奴も多い。

……まぁ森の中でエルフと喧嘩《けんか》はやめとけ。マジ怖ぇから」

妖精使いを極めに極めて、肉の身を捨ててまた精霊に戻ったりするような意味不明な奴もいるらしいぜ？　とブラッドは言った。

「それは少々、怪しい話ではあるが……ま、それでも肉の身でありながら精霊に転化しうる存在なぞ、エルフの他にはおらんじゃろうな。

彼らは森の女神の眷属、もっとも精霊に近きものたちじゃ。人に近くもあり、遠くもある。偉大な連中じゃよ」

そんな風にしてガスはエルフの話を締めくくる。

「……じゃが、彼らと違う形で肉の身を得たものもおった。土や石、火の精霊たちじゃ。

不変の属性を司《つかさど》る土や石、破壊と創造を司る火、彼らは女神レアシルウィアとあまり仲が良くはなかった。またそもそも彼らは、人間の生き方に憧れたわけでもなかった」

「そうなの？　じゃあ、なんで肉の身を？」

「彼らが憧れたのは人間の技術じゃ。土の中から鉱石を採り出し、火にかけ、精錬し、金属とする。そういうものを、ひどく面白そうなものだと捉えたのじゃな。

一般に精霊や妖精は金気《かなけ》をあまり好まぬというから、相当の変わり者どもじゃ」

ガスは肩をすくめる。

「彼らは火炎と技巧の神、ブレイズの下へと向かった。

ブレイズは寡黙で頑固で、物を作り工夫することを好み、しかしひとたび激すれば、凄《すさ》まじい破壊をもたらす怒りと戦いの神でもあった。

彼は工芸に興味を示した精霊たちと一言を交わし、その意志の強さを確認すると、無言で頷き、おのが眷属として肉の身を与えた」

ここまでの流れはエルフと同じじゃな、とガスは言う。

「……そうして炎神ブレイズの眷属として、ドワーフ族が生まれた。ドワーフは土や岩のように頑強で、長命で、火のように暗闇を見通し、炉の扱いに長《た》けておった。

じゃが精霊の嫌う金物を扱うという宿命から、彼らの性質は純粋な精霊のものから乖離《かいり》してゆき、妖精たちは遠ざかった。そういうわけで、連中に、エルフのような妖精使いはおらん」

僕は無言でその話を聞いていた。

けっこう聞き応えのある、面白い話だ。

エルフに、ドワーフ。人に似て、人と異なる種族たち。

……いつか、外の世界で会えるだろうか。

「代わりに彼らは、祖神であるブレイズを信仰し、古き《ことば》を探り、それを冶金や彫刻の技術と混ぜあわせた。物に《ことば》を込める――つまり、しるしを刻むことにかけては、彼ら以上の職人はおるまい。

ドワーフたちは多くが鉱山に住み、土や石の精霊を祖とすることから穴蔵暮らしを好む。その関係か背は低いが、樽《たる》のようにがっしりした体格じゃ。大酒飲みで、力は強く、多くが髭《ひげ》を伸ばす。そして優秀な職人であるとともに、優れた戦士でもある」

そう言われて、僕の視線はしぜん、ブラッドに向いた。

「ああ。――連中は、本物だ」

ブラッドは言葉少なに頷いた。

僕はびっくりした。

この声音は、ブラッドの本物の賞賛だ。

「も、もっと詳しく教えてっ」

「もっと、と言われてもな」

むぅ、とブラッドは少し考え込んだ。

「連中は朴訥《ぼくとつ》で……そして、戦うことの意味と、勇気ってものを、ちゃんと心得てる。心の中に、一本の芯が、しゃんと伸びた背骨のように通っているんだ」

　この時ばかりはガスも茶化さなかった。

　ブラッドの語りを、優しげな眼差《まなざ》しで聞いている。

「常日頃から、あいつらは考えている」

「……何を？」

「自分の命をなげうつに足る、戦う理由とは何かってことを、だ」

　ブラッドの眼窩《がんか》で、青白い鬼火が轟々《ごうごう》と燃えていた。

「そして、それを得た時」

　一息。

「――奴らは魂を燃やし、勇気の炎とともに戦いに臨む。けして死ぬことを恐れない」

　ブラッドはそう言った。

　あのブラッドに、そう言わしめた。

　……凄《すご》い、と僕はゾクゾクした。ドワーフというのは、本物の戦士なのだ。

「ドワーフの戦士たちに、俺は敬意を表する。少なくとも俺が出会い、ともに戦ってきた
あいつらは、真の戦士だ」

　僕は彼らと出会う日が、とても楽しみになった。

　どんな顔をしているんだろう。

しゃんと伸びた背、編み上げた髭、ぴかぴかの斧《おの》に、誇りに満ちたまっすぐな目。

そんなものを想像し、彼らと肩を並べて戦う日を空想した。

「……ワシは、連中があまり好きではないのう」

と、ガスが、ぶすっとした声で言った。

意外な台詞《せりふ》だった。

「そうなの？」

「うむ……無論、連中が素晴らしい知識や技術を持っとることは認める。覚悟のある戦士揃《ぞろ》いであることも認めよう」

ガスはそう言って、一つため息をついた。

「じゃが連中……どうしてあんなに偏屈でカネに汚いんじゃ！　信じられんわい！」

僕は目をぱちくりさせ、思わず横を向いて、信じられねぇ、という顔をしたブラッドと視線を合わせた。

——どう考えても同族嫌悪だった。

◆

薄闇の中で目が覚めた。

板張りの、部屋の天井が見える。
ずいぶんと懐かしい夢だった。
「ああ……」
なんとなく。
自分があの時、あのドワーフさんたちを助けた、本当の理由が分かった気がした。
……悲しかったのだ。
しゃんと伸びた背、編み上げた髭、ぴかぴかの斧に、誇りに満ちたまっすぐな目。
そういう想像を裏切られたからじゃない。
ブラッドが。……あのブラッドが、戦士と認めた彼らが。
汚れて、ドロドロになって、手足も細く、目は不安と、警戒でぎょろついていて。
びくびくと、卑屈に、うかがうように僕を見る。
そんな光景が、どうしようもなく悲しかったのだ。
あなた達はそうじゃあない。
そうじゃないのです。
本当は、あなた達は、とても凄いのです。
あなた達は、もっと、もっと——と。
きっと僕は、そう言いたかったのだ。

……もちろんそれは、僕の中にある理想を、彼らに勝手に押し付けているだけだ。

けれど、それでも。

そうと分かっていても、そうせずにはいられなかった。

彼らに誇りを取り戻して欲しかった。

あの卑屈な、うかがうような視線をやめて欲しかった。

胸を張って欲しかった。

……だからこそ、今この街で彼らが胸を張って生きられることが、僕には嬉《うれ》しいのだろう。

「…………」

ゆっくりとベッドからぬけ出す。

藁《わら》束を重ねて、白いシーツを敷いたベッドだ。

藁の山の中で眠るのと違って、体に藁がひっつかなくていい。

そのまま静かに扉を開けて、廊下に出て、庭の井戸までゆく。

今の僕の家は、街の中央近くにある。

遺構の中で比較的しっかり構造を保っていた屋敷を、改装したものだ。別に大きな住まいが欲しかったわけではないのだけれど、僕が大きな家に住まないと皆が遠慮してしまうし、来客や宿泊もけっこうあるのでそうするといいと周囲に勧められたのだ。

結果、使用人を雇うことになった。

メイドさんだ。

前世のフィクションの記憶があるので、メイドを雇うというその響きには若干ときめいたのだけれど……

「……あ、おはようございます」

「ああ。坊ちゃん、おはようさん」

「ぶはは、寝ぐせがひどいねぇ！　ちゃんと頭ととのえてきな！」

募集に応じたのは近所のオバちゃんたちだった。

……現実なんてこんなものである。

もちろん、それはそれとして掃除に料理に洗濯にと活躍してくれるので、とても頼りになる。

おかげで時間に余裕ができて、鍛錬の時間は増えた。

昔ガスが、時間というのはある程度、お金で買えると言っていたけれど、まさにそれだ。

釣瓶《つるべ》を使って井戸から水を汲《く》み上げる。

引き上げながら、ふと、手押しポンプとかがあれば便利かなぁ、と思った。

確か一方通行の弁を用意して、圧力を使って汲み上げる仕組みだと記憶しているけれど
……でも、細かい図面までは分からない。

そも、考えてみれば、そんなに潤沢に金属を使えない。再現はできるかもしれないけれど、行き渡らないのではほとんど意味がないか、と顔を洗って口を濯《すす》ぎながら結論づけた。

「よし」

仕上げとばかりに、寝癖直しに髪に水をつける。

……直らない。

「あれ」

もうちょっと水をつけて丁寧に整える。

ぴょん、と髪が跳ねた。

「よし！」

「う、うぐぐ……！」

もいちど、今度は丁寧に整え直す。

「……今度こそよし!!」

また跳ねた。

凄《すさ》まじくしつこい。

直す。跳ねる。直す。跳ねる……

「…………こ、今度こそ、よし」

……跳ねた。

「うがー！」

僕は頭に手《て》桶《おけ》の水をぶちまけた。

◆

「……それでそんな頭ぐっしょり濡《ぬ》らしてたのかよお前」

屋敷の庭。

メネルが馬鹿だなーと笑いつつ、僕の頭を押さえつけている。

「ぐ、ぅ……！」

ぐぐ、とそれに抵抗するように首を反らす。

首の筋力の鍛錬《ネックトレーニング》だ。

首の筋力というのは地味に重要だ。

頭部を殴打された時、あるいは足などを刈られて倒れる時、頭を守るのは首の筋力なのだ。

ここが弱いと、割とあっさり深刻なことになる。

「ほれ、九回……十回！」

「ぐ、ぐ……」

思い切り押さえ込む力に、息はゆっくり吐きながら、思い切り首を反らして抵抗して押し上げる。

「よし交代」

「はー……」

そんな調子で延々と、基礎的な筋力鍛錬と柔軟運動を重ねる。

腕。足。腹。背中。日によって重点的にやる箇所は違うけれど、戦いで使う部分を満遍なく鍛え込む。

しなやかで強い体こそが全ての基礎だし、鍛え続けて、十分な食事を摂《と》り続けなければ、これは失われる。

死者の街では毎日毎日鍛錬できたけれど、仕事や、旅などもするようになるとそうもいかない。

最近では拠点もできて、十分な鍛錬を再開できるようになったけれど、これなくしてケルヌンノス相手に力押しはできなかったろう。

……ブラッドはよく、旅の身であれだけの筋力を維持できていたものだと思う。

何かコツとかあったんだろうか。聞いておけばよかった。

「よし、んじゃ次は……」

「素振りだね」

取り出したるは剣――ではない。

その三倍の重さのある、長く太い木のカタマリに握りをつけたものだ。

「よい、しょっと」

まずは試しに一振り。

ごう、と空気を抉《えぐ》り抜くいい音がした。

武器より重い鍛錬具を振り回せてこそ、実戦で武器を振り回せるのだとブラッドは言っていた。僕もそれに異存はない。

「相変わらず、見た目によらず怪力だよなお前……」

メネルが呆《あき》れたように言う。

エルフの血をひく彼は体の線がほっそりしていて、瞬発力や敏捷性《びんしょうせい》は凄いけれど、力はそれなりだ。

「見た目によらずじゃなくて、見た目も相応になって欲しかった……！」

いや勿論《もちろん》、僕の体も人から見て、それなりに鍛えてる感じはするのだ。

するんだけどなぜか、ブラッドみたいに魁偉《かいい》な偉丈夫！　筋骨隆々！　とかそんな感じにならない。骨格とかの問題もあるのだろうけれど――どうもこの世界、マナとか何かの要素が絡んでいるのか、筋量と筋力が完全に比例していない疑いがある。

もっとタフガイな感じになりたいんだけど、この性格含めて「なりきれない」のが残念でならない。

「親しまれてるんだし、そのままでいいんじゃね？」

「人は自分にないものに憧れるんだよっ」

「足ることを知れよ」

そんな風にひとしきり言い合うと、僕たちは素振りを開始した。

僕のより細めの素振り棒を手にしたメネルと、お互い数を数えながら振り下ろしや切り上げを繰り返す。

足さばき、体さばき、腕さばき、剣さばき。

一つ一つを丁寧に連動させて、足から始まる動きを剣先に伝えてゆく。

己の動きの現在を確認し、未来に向けて研ぎ澄ます。

「…………？」

と、視線を感じた。

朝の鍛錬はレイストフさんや他の冒険者さんが交ざりに来ることもあるし、近所の子供なんかが覗《のぞ》きに来ることもある。

けど、なんだかそんな感じではない気がした。

◆

ええと、と視線の元を探ると——いた。

小さな菜園の向こう、生け垣の陰から誰かがこっちを覗いている。

見覚えのない、黒髪だ。

「メネル、ちょっとそのまま」

と告げて、僕はそっちに歩き出した。

覗くくらいは構わないけど、盗み見るようにしていると、周囲の人から泥棒と間違われたりするかもしれない。

この世界は割と荒っぽいので、そうなると時に怒鳴り声も飛ぶし、ヘタすると流血沙汰もありうる。

一声かけて、堂々と庭に入って見てくれていればいいのだ。

別に僕だってメネルだって、それくらいは気にしない。

「おはようございます」

そう声をかけたら、生け垣の向こうの誰かはびくりと身をすくませた。

おどおどと僕を見上げてくるそれは……黒髪を編んだ、猫背気味のドワーフの男性だった。

彼らの年齢は分かりづらいけど、髭《ひげ》が短いから、多分まだ若いドワーフだ。

骨格も太い。

「え、ええと、お、おは……よう、ございます……」

慌てて立ち上がった彼と向き合って気づいたけれど、ドワーフにしては高身長な人だ。

けれど猫背で、おどおどした様子で、体格からきそうな威圧感はまったくなかった。

「よければそんなところじゃなく、中で見ていかれませんか？」

どうやら引っ込み思案な人らしいと判断して、できるだけ落ち着いた、優しげな調子でそう語りかける。

「えっ、と……」

さまよいがちな彼の視線が落ち着いてきた——

「おいウィル、何ごちゃごちゃやってんだ？」

ところで、やけに遅いと思ったのか、素振りを中断してメネルがやってくる。

「ん、なんだお前、見ねぇ顔だな」

「ひっ」

びくぅ、と新しい人物の登場にドワーフさんの肩が跳ねる。

「なんだよ、取って食やしねぇって。興味あんのか？　見たいなら見てけよ」

「い、いや……！」

メネルが親しげに声をかけるけれど、いけない。

この場合、こういう人にこういう声のかけかたは――

「わ、私は、結構です！　鍛錬のお邪魔を致しました、失礼しましたッ！」

彼は慌てた動作で、でもけっこう礼儀にかなった感じに頭を下げると、バタバタと転げるように去ってゆく。

「むぅ……」

あっ、と思ったけれど、間には生け垣があるし、無理に呼び止めるような事態でもない。

僕はあっという間に去ってしまったその背中を見送り、それからメネルにちょっと恨めしげな視線を向ける。

なんというか、彼に失礼ながら、せっかくなつきかけた猫に逃げられてしまった気分というか……

「いや、悪ぃ」

メネルも察したのか、片手をあげて、軽い謝意を示すジェスチャーをする。

「あの手の奴《やつ》に、ありゃ逆効果だったなー……」

「そうだよ、もう」

「ありゃ鍛錬に興味があったのか、お前に興味があったのか……」

誰かが覗きにくる理由は、だいたいその二つだ。

「鍛錬のほうじゃない？　ドワーフは戦士の種族だし」

「いや、ありゃ戦士ってガラじゃねぇだろ。噂《うわさ》の聖騎士《パラディン》に興味があったんじゃねぇか？」

そんな風に言い合いながら、ちょっと惜しい思いを抱えつつ、素振りに戻る。

なんとなく、彼とは仲良くできそうな気がしたのだ。

——また鍛錬を見に来てくれるかな？

そんな思いは、素振りに集中するうちに、ゆっくりと胸の内に溶けて消えていった。

◆

槌《つち》の音が響く。鋸《のこぎり》引きの音がする。

機織り機が動いて、布を織り上げる音。

路地で子供がはしゃぐ声。親方が弟子を呼ぶ声。

そしてそれらと共に、作業の拍子を取るための歌が聞こえてくる。

色々と仕事を済ませた後に訪れた、午後のドワーフ街——ドワーフ族が集住する通り周辺の通称だ——の入り口からは、明るく健やかな音が響いていた。

「…………」

見渡せば石造りの家々はあれこれ増築や改装を施され、工房めいた感じになった家が多い。


あちこちに洗濯紐《ひも》が張り渡されて、衣服が風にはためいている。

相変わらず賑《にぎ》やかだな、と思いながら街に入った。

道を歩いていると、鋸引きの音が一つ止《や》んだ。

路端でちょっとした木工をしていた数人のドワーフさんが手を止めると、帽子を取って深々と一礼してきたのだ。

一人、顔見知りがいる。あのちょっと小太りで、陽気そうなモジャモジャ髭は……

「お仕事お疲れ様です、ソーリさん」

「いえ滅相もねぇ！　ようこそ、聖騎士《パラディン》さま。お一人で？」

「アハハ、仰々しくお供を連れるような話じゃないですから。アグナルさんはいらっしゃいますか？」

「へぇ！　アグナルどんでしたらたしか自宅に！　ホッズ、ちょっとひとっ走り行って知らせてこい！」

うす、と若いドワーフさんが頷《うなず》いて、工具を置いた。

「あ、いいですよそこまで」

「いえいえ！　領主さまの訪問をふんぞりかえって迎えたとありゃ、アグナルの野郎も座りが悪いってもんで！」

「うす！」

若いドワーフのホッズさんが、頷いて駆け出してしまった。

こうなるともう、訪問の先触れを出した形なので、あまり急いで向かっても逆に失礼かつ迷惑になってしまう。

相手に、準備の時間を与えるための先触れなのだ。

……なら折角だし、ちょっとソーリさんと話してから行こうかな。

ドワーフさんたちは、比較的口数が少ない人が多いけれど、ソーリさんはお喋《しゃべ》りだ。

そういう気質で生まれたんだから仕方ねぇだろう、と笑っている。

僕にとっても、親しみやすくて話しやすい人だ。

「近頃は、暮らし向きはどうでしょう？」

「ハッハッハ！　そりゃもう雲泥ですわな！　好きに物が作れる、売れる！　明日の飯の心配をしないで良い！　なんとありがたいことやら」

「それは良かった。何かご近所でトラブルや、困窮している方などは？」

「ふむ。そうですなぁ……」

ソーリさんが挙げたのは、鍛冶屋の騒音とそれに対する苦情。

ドワーフと人の生活習慣の違いによるトラブルなど、細かい生活上の問題が幾つか。

ペンとインク壺《つぼ》を組み合わせた銅製の矢立《やたて》もどきを取り出すと、覚え書き用に束ねてある書き損じ書類の裏にメモをする。紙は貴重だ。

「ほう、その携帯ペン、よくできとりますな」

「ずいぶん前に、アグナルさんに作ってもらったんです」

「なるほど、アグナルどんの作なら納得だ」

携帯用の筆記具というのはけっこう難しいものなのだけれど、注文したらすぐに作ってもらえた。

ドワーフというのは本当に優秀な職人が多い。

「それと……最近は人間、ドワーフともにこの街に流れてくるモンが多い。あっしらもその口ですから文句をいう筋合いはないが、かといって常に仕事が用意できるはずもなし……」

「それは、確かに」

「かといって、良い若いモンが仕事もせずに日中ブラブラしとるのは不健全だ」

「ことによると、治安にも関わりますしね」

ソーリさんの言葉に、頷く。

発展しているという評判が広まって、この地域に来てくれる人が増えるのは良いことだけれど、当然その全てに、簡単に仕事が回せるわけもない。

河港の荷の積み下ろしや、遺跡を再度町にするための土木、建築。

商工業に、林業、あるいは料理屋や酒場なんかのサービス業……色々と興ってきてはいるけれど、だからといって簡単に何十人もの人間を養えるほどの雇用が生まれ続けるわけでもないのだ。

……仕事がある、というのは大切なことだ。

社会に貢献しているという実感は人間に自負心をもたらすし、逆に仕事がなくなれば人間は自負を失う。

同時に仕事がなくなるということは収入がなくなるということだ。

金銭的に不安で、明日をも知れない状態に陥ると、誰しも焦り、不安になる。

自負心がすり減って、焦って、不安にまみれた人間というのは、ことによるとちょっとした一突きで犯罪に走ることもある。

なんというか……犯罪に対して、「言い訳が利く」状態になってしまうのだ。

自分はこれだけひどい状況に追い込まれたから仕方ない。

生きるためだから仕方ない。

どうせもう長く生きるなんて無理なんだから、パッとやりたいようにやってしまおう。

仕方ないんだ。もうどうせ先がないんだ、俺だけが悪いわけじゃない、俺をここまで追い込んだ周囲だって社会だって悪いじゃないか。

あいつからいくらか盗んでも、別にあいつは死ぬわけじゃないんだし――さあ、勇気を出せ！　いけ！

と、こんな具合だ。

……なんでこんなこと空想できるかって？　伊達《だて》に前世であれだけひどい状態になったわけじゃない。

追い込まれている人、そうなりかけている人の思考はそこそこトレースできる。

で、こういう人が増えると犯罪が増える。

もちろん犯罪に走らず耐える立派な人もいるだろうけれど、耐えられずに走っちゃう普通の人だっている。

両者とも一定の割合で存在する以上、職を得られず不安を抱える人の母数を増やした時点で、犯罪の発生増加は避けられない。

増加が避けられなければ治安が悪化する、治安が悪化すれば取り締まりに費やすリソースも増え……と悪循環が始まる。

元から断たないといけない。

この場合、移民がくるのは避けられないから、なんとか職を増やして経済を回すこと――が解決策になるだろうか。

この手の問題を放置すると、発展的に発生しうるであろう事態は本当にまずい。

移民が増える。特に技能のいらない単純労働の奪い合いが起こる。治安が悪化する。移民と元の住民という形で対立構造が発生し燃え上がる。トラブルが起こる。

そうして最初は主として経済的な争いから、特定のグループを対象とした差別感情に発展し、経済構造と差別意識が絡まりあったら、それはもう優に数百年単位の禍根だ。

そういう禍根の爆弾が、現在進行形でチクタク時を刻んでいる。僕たちで解体しきれないと、後世で大爆発だ。

前世の記憶でも各国、移民や難民の受け入れや制限というのは、物凄《ものすご》く大きな社会問題だったけれど、この立場になってよく分かった。

実際にかなり厄介な問題だ、きちんとお金と仕事を回して経済を膨らませて、うまく対処しないと雪だるま式に深刻な方向に発展しかねない。

……本当にガスの言うとおり、世の中にお金を回すこと、回し続けることは、きわめて大切なことなのだ。頭が痛い。

「騎士さま？」

と、考え込んでしまった僕を気遣うように、ソーリさんが声をかけてきた。

「あっ、大丈夫です、スミマセン。帰ったら何か対策を講じますね」

とりあえず、トニオさんと相談して公共事業的なもの……港湾整備とか灌漑《かんがい》事業とか、そういうのを立ち上げて労働力を受け入れるしかないか。

あとは詳しい人たちの知恵も借りていこう。こういうのは地道な根回しからの合意形成が基本だ。

暴動とかは起こしたくないし、そうなる前に先手先手で経済を振興しないと。あと文化摩擦の緩和も大事だ。

そんな風に考えをまとめたところで、タイミング良く、さっき走っていった若いドワーフのホッズさんが戻ってきた。

「うす。お待ちしています、と」

「はい、ありがとうございます。ご足労おかけしました」

微笑《ほほえ》みかけて軽く頭を下げると、ホッズさんは目を見開いて、慌てて両手を振った。

「うす！　滅相もねぇっす！」

「いいえ、助かりました。ソーリさんも、今日はありがとうございました。またお話ししましょう」

「聖騎士《パラディン》さまにそう言って頂けるとは光栄ですや。あっしで良けりゃ、いつでも！」

それから二人に頭を下げて、歩き出す。

それに対して二人とも腰を折って、深々と頭を下げて見送ってくれるのがどうもやりづらい。

見れば街路にいた他のドワーフさんたちも、僕に気づいたのか頭を下げて見送ってくれている。

もちろん社会的な立場としてはそうされるだけの立ち位置だし、強硬に拒否しても相手が困るばかりなので、受け入れるしかないのだけれど……どうにもちょっと座りが悪い感じがするのは、前世の記憶のせいなのか、単にまだ不慣れなのか。

こういうことにも慣れて、もっと鷹揚《おうよう》に構えられるようにならなければならないとは思うのだけれど。

人に敬われることに慣れ切ってしまったら、何か大切なものが麻痺《まひ》しそうな気がして、怖い気もする。

……偉くなるって、難しいものだ。

◆

「突然お邪魔して申し訳ありません」

「いえ。……ようこそいらして下さいました」

ドワーフ街の、ひときわ大きな屋敷。

その応接間で、重々しく一言目を発したのは、つるりとした禿頭《とくとう》に、鉄灰色の髭《ひげ》を丁寧に編んだ威厳あるドワーフ。

この街の顔役であるアグナルさんだ。

隣には見覚えのない、癖のない白髪をした、武骨そうな老ドワーフの姿があった。

……ずいぶんと、疲れた目をしたひとだな、と思った。

「こちら、先日この街に参りました移民の代表で、私の大叔父にあたるグレンディルと」

「…………よしなに」

言葉少なに、頭を下げられた。

「サウスマーク公エセルバルド殿下にお仕えし、この《獣の森《ビースト・ウッズ》》の統治を任されておりますウィリアムと申します」

右手を左胸に当てて、軽く左足を引いて返礼する。

一つのグループの代表者ともなれば、粗略な扱いはできない。

グレンディルさんも、同様に返礼した。

その動きは滑らかなもので……つまり、古い礼法を知っている？　ということは、

「おかけ下さい」

と、考え出したところでアグナルさんの言葉に思考が中断された。

上座に当たる席を勧められる。

「はい。ありがとうございます」

これも立場上拒否するわけにはいかないので、遠慮の気持ちをこらえて座る。

しばらくすると、アグナルさんの奥さんがお茶を運んできた。

……ドワーフの女性というのは妖精じみて綺麗《きれい》だとか、いや物凄くゴツくて髭が生えてるんだとか色んな話がある。

けれど、正解は両方だと、彼らと親しく接するようになって知った。

ドワーフの女性は若いころは、ちょっとぽちゃっとした感じで妖精みたいに美しいけど、あまり外見に気を遣わないからか、結婚すると早々に肝っ玉母さんめいた風になっていく。

そしてドワーフの男の方は、その変化に対してあまり頓着していない。

おまけにドワーフの文化的に、ドワーフの男たちは女性を表に出さずに「余所者《よそもの》からは女を隠せ！」みたいな感じらしくて……

多分、たまたま見かけたドワーフの女性が情報源になって、「妖精だ」「いや髭だ」みたいな両極端な話が生まれたんじゃないかと僕は思っている。

……なお、アグナルさんの奥さんが妖精と髭のどちらにあたるかについては、明言を避けよう。

ともあれ薬草茶を一口頂きつつ、今後の展開を考える。

《くろがねの国》の話は彼らの大切な部分だ、いきなり問いかけるよりかは、少し歓談して空気を和らげたほうがいいだろう。

「グレンディルさんたちは、なぜこちらに？」

独特の香気と苦味を感じながら、無難な問いを選んで発する。

「——死ぬために」

とんでもない答えが返って来て、薬草茶を噴き出しかけた。

「ごほっ……と、失礼」

「グレンディル殿。そう端的では驚かせてしまいますぞ」

アグナルさんがたしなめるように言葉を発する。

グレンディルさんは困ったような顔をすると、しばらく無言になった。

僕はそれを、居住まいを正して待つ。

グレンディルさんは、ゆっくりと考えをまとめ、落ち着いた調子で語り出した。

「儂《わし》らは、老い先短い。……故郷を眺め、死にたいと思うております」

「——ウィリアム殿。グレンディル殿は、西の山脈の生き残りなのです」

そう言われたら、少し納得ができた。

僕だって、老いて、死期が迫ってきたら……あの神殿のある丘を眺めて死にたいと思うかもしれない。

「ふるさとの山は、既に我らが山ではない。しかし魔獣蔓延《はびこ》る樹海と化した山の麓を、人の手に取り戻した英雄がいると、噂《うわさ》に聞き」

でも、だからといって僕は、グレンディルさんの思いを全て理解できたわけではない。

どれほどの気持ちなのだろう。

「懐かしき山並みを遠望し……いつか再び、故地が取り戻されることを夢見て。そうして死ぬることができれば、どれほど幸甚であろうかと。皆そのように言い交わし、思いを同じくする仲間たちと、ここに参りました」

どれだけ望んでも、故郷に帰ることができないというのは、どれほど悲しいのだろう。故郷を奪われたままだというのは、どれほど悔しいのだろう。

ただ故郷を遠望して死ぬことが幸せだなんて、どれほどの経験をしてきたら言えるのだろう。

「ご迷惑をおかけするやもしれませんが、いかなる仕事も厭《いと》いませぬ。どうか、街の片隅に置いて頂ければ」

僕には分からない。

彼の気持ちは理解しきれない。

……でも、だからこそ。

「安心して下さい。できるだけのことはします」

きちんと、街を預かる者としての意志と責任を示さねばならないと思った。

グレンディルさんの手を両手で握り、

「――必ず、皆さんを理不尽からお守りします」

そう語りかけた。

目を見て、思いを込めて、伝われと思いながら。

「ぉ、おお……」

握った手が、ふるふると震えていた。

つい、そちらに視線を向け……視線を戻すと、グレンディルさんが、はらはらと涙をこぼしていた。

「かたじけない……かたじけない…………」

震える手で、僕の手を握り返し。

グレンディルさんは、何度も何度も、そう繰り返した。

◆

かつて、二百年の昔。《くろがねの国》には一人の君主がいた。

短軀《たんく》で線が細く、武芸が苦手で書を好み、口数の少ない沈思黙考のひと——

名にし負う岩の館、《くろがねの国》の最後の君、アウルヴァングル。

先君から国を受け継いだ彼は、王国を滞りなく運営していたけれど、それでも戦士たちは嘆いたという。

我らが今代の君主は、炎神ブレイズではなく知識神エンライトに愛されてしまったと。

民たちはそんな君主が嫌いではなかった。

戦えるものもそうでないものも、彼はとりたてて区別せずに扱った。

彼には戦士でないものの気持ちがよく分かっていた。

戦士たちはそれが不満だった。

常に危険において先頭に立ち、命をなげうつ覚悟をしている自分たちと、そうでないものが同じに扱われる。

大君は自分たちを軽んじていなさる！　彼らは酒盃を呷《あお》り、盛んに嘆いた。

名前ばかり大仰で、勇ましい！　なんたることか！　拳を振り上げ、怒りの叫びを上げた。

そんな嘆きと怒りの声のあることを聞いても、君主アウルヴァングルは困ったように笑うばかりだった。

小さな軋轢《あつれき》をはらみながらも、王国はおおむね上手《うま》くまわっていた。

平和な時代だった。

国は繁栄を謳歌《おうか》していて、幸福が満ち溢《あふ》れ、小さな不幸はあれど手を差し伸べる余裕がある人がいて。

路傍で、世を恨み、怒りと苦しみのままに生涯を終えるような人はいなかった。
——けれど、嵐は来た。
奈落の悪魔《デーモン》たちの侵攻。大いなる破局。
《大連邦《ユニオン》》に名を連ねる、南の国々は次々と敗れ、焼かれ、悪魔《デーモン》たちの軍勢は《くろがねの国》にも迫っていた。
——その悪魔《デーモン》の王を示す称号は数あれど、そのまことの名を知る者は誰もいない。
其《それ》は《不死の剣魔》
其は《王の中の王》
其は《無垢《むく》なる邪悪》
其は《尽きせぬ暗黒》
其は《戦嵐の駆り手》
其は《哄笑《こうしょう》するもの》
其は《永劫《えいごう》なるものどもの上王》

……敗勢は明らかだった。
サウスマーク大陸の南方諸王国は、いずれも悪の諸勢力との最前線たる、精強で知られた国々。

それらを薄紙でも破るかのように陥落させた《上王》を相手にしては、名だたるくろがね山脈の地底回廊をもってしても、幾日保つか。

しかも《上王》の軍勢の中には、いにしえの竜までもが参陣したというではないか。

戦士たちの誰もが青ざめ、言葉を失った時——使者が来た。

悪魔《デーモン》の使者だった。

「——《上王》につかぬか」

その悪魔《デーモン》はそう言った。

《上王》は剣を好む。

《上王》は軍勢を作るが、武器は作れぬ。

その職人の腕をもって仕えるのであれば、くろがねの山々は見逃そう。

戦士とは民を守るものなれば、それが正しき答えではないか。

「如何《いかが》？」

悪魔《デーモン》は三日後に答えを聞くと告げ、去っていった。

苦い顔をしたドワーフたちが取り残された。

——それから、議論は紛糾した。

箝口令《かんこうれい》を敷いたはずが、噂はあっという間に流れ、誰もがそのことを口にした。

もしかしたら、それも、足並みを乱そうとする悪魔《デーモン》の手口だったのかもしれない。
君主だけが無言だった。
元が閉鎖的なドワーフたちだ。
武器を売る相手が変わるだけならば、それも良いではないかという者もいた。
赤子を抱く母は、戦火に巻き込まれたらこの子は死んでしまうと訴えた。
君主だけが無言だった。
もちろん、悪魔《デーモン》どもなど信頼できぬ、命尽きるまで戦うべしと言うものも大勢いた。
けれどどう戦うかとなると、議論百出。さまざまな意見が出て決着がつかない。
誰もが混乱し、誰もが感情的になり、叫んで喚《わめ》いて——刃傷《にんじょう》沙汰さえ何件も起こった。
誰もが迷っていた。
君主だけが、やはり無言だった。
そして、臣下たちが何も決められぬままに約束の日となった。
無言だった君主アウルヴァングルが、初めて言葉を発した。
「私が決めよう」
彼はそう言って、返答を受け取りに来た悪魔《デーモン》の前に歩み出た。
「答えは？」
「これだ」

アウルヴァングルは抜き打ちの一撃で、迅雷のように悪魔《デーモン》の首を刎《は》ねた。

悪魔《デーモン》が、どうと倒れた。

振り抜かれた《くろがねの国》の累代の霊剣、《夜明け呼ぶもの《コールドウン》》は、悪魔《デーモン》の返り血を寄せ付けず、冴《さ》え冴《ざ》えときらめいた。

「貴様らが欲していた鉄だ。欲していた武器だ。――存分にくれてやろうではないか！」

小さく細いドワーフの君主が、剣を掲げた。

民は沸き立った。

戦士たちは涙を流して声を詰まらせた。

彼らは、自分たちが己が君主を見誤っていたことに気づいたからだ。

彼らは伏して詫《わ》び、自らの不明を恥じた。

その時、倒れ伏した悪魔《デーモン》の首が笑い出した。

「竜が来るぞ」

口から血泡をこぼしながらの、不吉に濁った声だった。

「竜が来る！　竜が来る！　ヴァラキアカ！　災いの鎌が下る！」

白目を剝《む》いた悪魔《デーモン》の首が、狂笑し、叫んだ。

「何一つ残らない！」

その首を、アウルヴァングルは踏みつけて潰した。

そして、彼は一言だけ、

「そうはさせぬ」

と呟《つぶや》いた。

◆

戦の準備が進んだ。

斧《おの》。盾。兜《かぶと》。鎧《よろい》。

くろがねに身を包んだドワーフの戦士たち。

「奈落の悪魔《デーモン》どもを引きつけ、全て地の底で殺す」

君主アウルヴァングルはそう宣言した。

「この地底回廊を、やつばらの墓場とせよ」

全ての民と戦士がそれに従い、悪魔《デーモン》たちを殺す支度を整えた。

凶悪な罠《わな》。

複雑な迷路。

籠城戦の支度。

たったの数日でそれを済ませると、アウルヴァングルは次に大広間で、こう命じた。

「全ての戦士ならざるもの、及び未熟な若き戦士は、くろがねの山より退去せよ」

その命令に、民たちは反発した。

彼らも、彼らの君主とともに死すつもりであったからだ。

足手まといだとでも言うつもりか。

我々もご一緒させて頂きたい。

轟々《ごうごう》と巻き起こる怒りと失望と懇願の声に、しかしアウルヴァングルは静かだった。

ひとしきり人々の声を受け止め、その勢いが減じた時、彼は《夜明け呼ぶもの《コールドウン》》の鞘《さや》の先端で床を突いた。

響き渡った音に、ざわめきが更に減じる。

それを見はからうと、柄頭に手を置き、彼は胸を張ってこう言った。

「我が民よ、私は死ぬ。山に残る、全ての戦士たちも死ぬであろう」

その言葉に、人々は静まり返った。

君主アウルヴァングルの言葉は、死にゆくものの言葉であった。

「――だが、《くろがねの国》を死なせてはならぬ」

その言葉は、静かな決意に満ちていた。

「我が民よ。私は諸君を、己が子の如《ごと》く思っている。ゆえに諸君に、このような身勝手を命ずる苦しみに、我が胸は引き裂かれるようだ」

だが、敢《あ》えて命ずる。

君主アウルヴァングルは言った。

「生きよ！」

君主は言葉を続ける。

「故郷を失い、汚辱と悔恨に塗れようとも！　山を下り、生きよ！　それこそが、私が諸君に命ずる戦いである！　諸君は逃げるのではない、異なる戦場を今より預かるのだ！」

大広間に声が響き渡る。

「我ら王と戦士は、誇りを守り名を守り、祖霊の眠るこの山でみな死のう！　諸君は誇りを捨て、生に全てを賭けよ！　炉の火を絶やしてはならぬ！」

そうして彼は、大きく息を吸い、もう一度だけ叫んだ。

「諸君、生きよ！　生きて戦え！　再起の時まで！」

それが、

「――我が最後の命令である！」

それが《くろがねの国》最後の君の、生き残りたちが知る最期の言葉だった。

彼は戦士たちを連れて、大広間を去った。

そして悪魔《デーモン》たちとの決戦の準備を整え――おびただしい悪魔《デーモン》の軍勢と、いにしえの竜さえ迎え撃ち、戦い抜いてみな死んだ。

そして山を下った民と、それを守る戦士たちは、故郷を失い放浪の民となった。

多くの難民たちとともに北へ渡り、苦難と、汚辱に満ちた生にあって――

それでもなお、歯を食いしばり、王の言葉を胸に二百年。

あるものは職人として。

あるものは傭兵《ようへい》として。

二百年を、生き抜いてきたのだ。

◆

「……それが、我らの秘。くろがね山の民たちの、言い伝えに御座います」

酒精で顔を赤くした禿頭《とくとう》のドワーフ、顔役のアグナルさんがそう言った。

「私は、当時はまだ生まれてもおりませんでした。グレンディル殿は……」

白髪のドワーフ、グレンディルさんは泣いていた。

強い火酒が入っているのもあるけれど、本当にもう、ぼろぼろと泣いている。

あの後、昔の話をしてくれないかと願ったのだけれど、彼らは静かに頷《うなず》いてそれを語ってくれた。

「儂《わし》は……儂らは当時、近衛《このえ》の戦士となったばかりで……」

ぐずぐずと、子供のように洟《はな》をすする。

「先達の戦士らと、ともに戦うこともできず……ただ、命に従って……民とともに……うっ、ううう……」

アグナルさんが気遣わしげにグレンディルさんを見ている。

「それも、楽なものではありませんでした。寒い中でした……辛《つら》い道行きに耐え切れず……子供が……子供が、死んでゆくのです。笑って、頑張ろうと周りを励ましていた、明るい子供が……だんだんと疲弊して、笑うことすらできなくなり……疲労で虚《うつ》ろになり、ただの風邪で、動くことすらできなくなり…………そのまま、死んだ。担いだ、儂の背で、死んだ……っ！」

長い行列を狙った、はぐれ悪魔《デーモン》の散発的な襲撃。

乏しい食料を巡る不和。

街にたどり着いても大量の難民。

北へ渡っても、同様の難民に紛れて容易に職は得られず……

「何人死んだかなど、もはや覚えておりませぬ。……泥を啜《すす》り、木の根を齧《かじ》るなど生易しい。若い女は子に一杯の粥《かゆ》を飲ませるために春を売り、見かねた男どものうちには、盗みを働き打ち殺されるものもおった。骨と皮ばかりになり、物乞いの真似事《まねごと》までして……」

僕はじっと、その話を聞いていた。

王の勇気に、民の悲嘆に、僕の目にも気づけば涙が浮かんでいた。

「それでも、生きた。……生きたのです。あの混沌《こんとん》の時代を乗り越え、その後の二百年を、生きた。何とか生きた……」

グレンディルさんが、呟いた。

「そうして、ウィリアム殿。あなたがここまで……この地まで、人の手に戻して下さった。それどころか、ともに泣いてすら下さる」

グレンディルさんは鉄錆山脈《てつさびさんみゃく》……いや、くろがね山脈の方角を、振り仰ぐ。

「いつか、帰れる。いつか、戻せる。

いつか我らは、我らが主君の言葉を果たせる……」

その声は、震えていた。

「そう信じられることの、なんと尊いことか……ありがたいことか……」

ありがとう、ありがとう。

グレンディルさんは、僕に何度もそう言いながら、ゆっくりとお酒のもたらす眠気に崩れ落ちた。

辛い思い出を語るため、強いお酒を何度も何度も呷《あお》っていたのだから、当然だ。

「…………」

「胸の内を打ち明けられて、グレンディル殿も嬉《うれ》しかったことでしょう」

アグナルさんが、目を細めながらそう言った。

「……お分かりでしょうか。我らの来歴というのは、そのようなものなのですよ」

「言いづらいことを……本当に、ありがとうございました」

「いえ」

と、そのようなやり取りを経て。

僕は、アグナルさんの屋敷を退出した。

お酒を交えながら、昔話を夢中になって聞いていて、時間経過に気づいていなかったけれど――外に出ると、もう夕方になっていた。

ドワーフさんたちも、仕事を終えて自宅に帰るか、酒場に立ち寄るふうな流れだ。

僕は色々なことを考えていた。

くろがねの山のこと。

生き残ったドワーフさんたちのこと。

当時の大君アウルヴァングルさんの想《おも》い。

あるいは同時代を生きたブラッドやマリー、ガスのこと。

おそるべき《上王》のこと。

繁栄して、平和だったという《大連邦時代《ユニオンエイジ》》のこと。

……そして、《ヒイラギの王》の予言。

ぶらぶらと歩きながら、とりとめもなくそんなことを考えていると——

気づいたら、ずいぶん暗くなっていた。もう夜だ。

この世界の夜は、灯《あか》りが少ないので前世に比べて暗い。

ここはどこの通りかな？　と無個性な家々を前に困っていたら、酒場の灯りが目に入ったので、そちらへ歩いてゆく。

流石《さすが》にお店の看板を見ればどこの通りかくらいは分かる。この街の規模はその程度だ。

すると、なんだか騒動の音が聞こえてきた。

誰かが誰かを殴る音。

酒場の喧嘩《けんか》？　と思いつつ足を速めると、酒場の扉を破って誰かが突き飛ばされてきた。

——慌てて受け止める。編んだ黒髪が、ふわりと舞った。

「あ」

見れば、朝の鍛錬を見に来たあのドワーフさんだ。

彼はなんだか、ボロボロにやられていた。

◆

彼を受け止めた僕は、驚きに一瞬動きが止まった。

彼の方も驚いたようだけれど、立ち直りは彼の方が早かった。

ぺこりと僕に向けて一礼すると、

「やめなさい！」

と叫んで酒場の争乱の中に戻る。

少し見ただけで、おおよその状況は見て取れた。

酒場の中で椅子とテーブルが乱雑にひっくり返っていた。

男が二人、喧嘩をしているのだ。

人間の男が二人。

どちらも職人風で、なかなか筋骨たくましい。

すでにずいぶんお酒が入っているのか、顔が真っ赤だ。

「ああ！　すっこんでろ!?」

「カンケーねぇのが割り込んでくるんじゃねぇよ!!」

お酒臭い息とともにヒートアップする二人。

他の客は巻き添えを嫌って様子見しているか、やんやとはやし立てて煽《あお》っているかといった風。

給仕の女の子は困り顔でおろおろしていて、

「だから、やめなさいったら！」

ドワーフさんが互いを引き離そうとしているのだけれど——

これがどうにも、うまくない。

なんというか、いともあっさりとぶん殴られて突き飛ばされている。

力はありそうなのになぁ、と観察していると、分かった。

彼は素手の喧嘩に対する慣れがないのだ。

おっかなびっくり、傷つけることを恐れるように動いているから、思い切りがよくて喧嘩慣れした職人さんたちにあっさり後れをとっている。

この物騒な時代に、喧嘩慣れしてないとは珍しい。

あの筋量と体格なら、組み付いて思い切り締め上げるだけでけっこう有効だろうに……

「おらぁっ！」

「やめ——ぶっ!?」

うわ、いいの入った。

と、こんな風に僕が呑気《のんき》に観戦しているのにも理由がある。

……この場のまだ誰も、武器を抜いていないのだ。

平和な前世の現代ではない。

職人さんだって短剣くらいは腰に吊《つる》すか、懐に忍ばせるかしていて当たり前だ。

それを抜いていないし、さらに言えば無関係の人に暴力を振るったりもしていない。

つまりまだ全員、この世界、この時代の筋目で言えば、ヒートアップはしているけど最低限の節度は守っている。

「お店の迷惑になるから――外でやりなさっ、ぐふ！」

「いいから黙ってろ！」

「くっそ、しつけぇな！」

なので、もう少し見守るべきかな、とも思う。

ドワーフさんもドワーフさんで頑張っているんだし、あの職人二人にも何か喧嘩するくらいの理由はあったんだろうし。

いきなり領主が割り込んでも、後から大きなことになりすぎ――

「だああ、おい！　そいつ押さえとけ！」

「こいつやっちまってから続きだなっ」

とか思っていたら、なんか喧嘩してた二人が結託しはじめた。

殴られても殴られてもドワーフさんが止めるものだから、先に排除してから続きということで合意してしまったらしい。

実は彼ら、仲いいんじゃなかろうか。

「いい加減、つぶれ、とけっ！」

「ぐ――！」

片方が首根っこ押さえて、もう片方が執拗《しつよう》に膝蹴りを入れ始めた。

あー、そろそろ、これは、いけない。

男同士の素手での喧嘩ならまだいいけど、複数人で一人を囲んでの暴力行為は頂けない。

「……やめましょう？」

お店に踏みいると、そう言った。

「ああ!?　うるせ――」

「なんだ、また……」

男二人がこちらを振り向き、

「……」

「……」

完全に硬直した。

二人とも口をぽかんとあけている。

はやし立てていた観客も同じだ。

「やめましょう？　それ以上は見過ごせません」

二人とも、真っ赤だった顔が一気にさぁっと蒼白《そうはく》になった。

……だからできれば避けたかったのだけれど、仕方ない。

「大事にするつもりはありません。お二人はちょっと飲みすぎただけですよね？」

確認するように二人の顔を見つめてそう言うと、二人ともこくこくと無言で頷《うなず》いた。

凄《すご》い勢いの頷きだ。

「なら、今日はもうこの場の皆に謝って……あとはもう、家に帰って寝ちゃいましょう？

大丈夫、後から問題にしたりしませんよ」

笑ってそう言うと、なにが怖いのか二人とも縮み上がり、もの凄い勢いでドワーフさんや給仕さんに謝りはじめた。

お酒の勢いと興奮なんて、一度醒《さ》めてしまえば空《むな》しいものだ。

「ご迷惑おかけしやした！」

「ホントに酒の勢いですまねぇことを！」

そんな感じで謝ると、二人は迷惑料を置いて一緒に退散していった。

——やっぱりあの二人、連れだったのか。ホントは仲いいんだ。

そして後にはふらふらぼろぼろのドワーフさん。

それに呆然《ぼうぜん》とした給仕さんと、お客さんたちが残された。

………さて、これ、どうしたもんかなぁ。

◆

ドワーフさんは少し打たれすぎて朦朧《もうろう》としているみたいだったけれど、すぐに正気づいた。

具体的に言うと、騒ぎを収めてから、僕が気付けの祝禱《しゅくとう》をかけようとするより早く気づいた。頑強だ。

「あ……」

きょろきょろとあたりを見回した彼は、状況を理解したのかもの凄い勢いで立ち上がる。

「こ、このたびは……っ！」

「待って待って」

そのまま下げようとする、その額を押さえて止めた。

「顔とか頭、けっこう殴られたでしょ。いきなり立ち上がったり、頭下げたりしちゃいけないよ」

「あ、はい……」

頭部のダメージは、見た目大したことがなくても、洒落《しゃれ》にならない事態に繋《つな》がることもあるのだ。

そう言い聞かせると、ドワーフさんも少し落ち着いたようだ。

給仕の娘さんにお願いして、椅子を一脚貸してもらって座らせる。

「あと、井戸水か何かで冷やした手拭いをお願いします」

「かしこまりましたっ」

気づくとお客さんはずいぶんと減っていた。

うん、仕事帰りに愚痴でも言いつつ騒ぐつもりで酒場にきて、そんで起こった喧嘩を観戦して楽しんでいたら……いきなりフラッと領主が入ってきてそれを止めたのだ。

そりゃ、面倒を避けたければ河岸を変える。

お店にずいぶんと迷惑をかけてしまったなぁ……と、思いながらドワーフさんの、ハシバミ色の目の前に手を広げた。

「指、何本に見える？」

「三本」

「よし大丈夫だね。吐き気や悪寒、頭痛は？」

「ありません」

「お名前は？」

「……ルゥと」

しばらく迷うように沈黙してから、彼はそう言った。

濁音多用でごつい語感の名前が多いドワーフらしからぬ名前だ。

略称か愛称かもしれない。

「ルゥさんだね。ご存じかもしれないけれど僕はウィリアム。よろしく」

「よ、よろしくお願いいたします」

受け答えもしっかりしているし、手足の痙攣《けいれん》や、止まらない鼻血なんかの危険な症状も見られない。

少し経過を見ないといけないけれど、問題なさそうかな。けど……

「あれだけぶん殴られて、膝蹴り連打までされて、ここまで何事もないって凄いね」

「……頑丈なのが取り柄ですから」

そう言って、黒髪のルゥさんは目を細めた。

祝禱術はそうポンポン使うものでもないので、通常の治療で済むならそれに越したことはない。

給仕さんにお礼を言って、打たれた部分に濡《ぬ》れ手拭いを当てる。

「それと……ご店主は？　お騒がせしたので、一言お詫《わ》びをと」

「あ、父は今、臥《ふ》せっておりまして……」

そう言うと、給仕さんは悲しげに目を伏せた。

それであんな、店内での喧嘩《けんか》を許すような状況だったのか。

「診ましょうか？」

「!? め、滅相もないことです！」

……立場が重くなるというのも、本当に困りものだ。

「構いませんよ。病人がいると知りつつ見捨てたとあらば、僕が神さまに怒られてしまいます。神さまに見捨てられた聖騎士《パラディン》なんて、今時、悲劇でも流行《はや》らないでしょう」

冗談めかして肩をすくめると、給仕さんの表情も和らいだ。

「無事に治った暁には、是非、礼拝所にお参りして、お供えの一つでも」

「は、はいっ、必ず……！」

「それじゃあ、ルゥさん。すぐ戻りますから、安静にしてて下さい」

そう言って、僕は酒場の住居部分に向かった。

◆

酒場の親父《おやじ》さんの病気自体は、そんなに大したものではなかった。

ちょっとしつこい皮膚病のたぐいだ。

ただ、見た目に関わる病気だ。お客の印象や風評を考えると、お店には出られないというのも分かる。

患部に掌《てのひら》を当て、祈りを捧《ささ》げると、すぐに綺麗《きれい》になった。

「お、おお……」

「ありがとうございます、ありがとうございます……っ！」

「灯火《ともしび》の神さまに頂いた力です。ですから、お礼は神さまにどうぞ」

と、僕は笑う。

「あ、あの。対価というか、喜捨は、その……」

「いっぱい下さい」

「へ？」

「神さまへ、感謝の気持ちをいっぱいお願いします。……できる範囲のお金や物に、たっぷり込めて下さい」

下手な冗談を言うと、親父さんも娘さんも笑ってくれた。

これは昔、バグリー神殿長から言われたことなのだけれど、施療に対価を求めないと最終的にはそれが当たり前になってしまって神官全体の首が締まってしまう。

心情的には無償で施療したくとも、神官だって霞《かすみ》を食べては生きられないのだから、多少の見返りを求めるというのはやはり必要なことなのだろう。

「では、よろしけりゃ今からでも、うちの料理をどうぞ！」

「父の料理は美味《おい》しいんですよ！」

「わ、ありがたいです。実はうっかり、夕飯を食べ損なってて……」

そんな風に、少しは雰囲気も和らいだところで、酒場に戻ると……ルゥさんが、酒場の扉を修理していた。

ああ、そういえば扉、あの時に壊れて——

「って、何してるの!?」

「じっと待っているのも退屈で……」

「だからって怪我《けが》してるんだから……って凄っ!?」

開閉部の破損した扉が、ほぼ完璧に直っていた。

ありあわせの材料と道具しか使っていないというのにだ。

僕も流石《さすが》に数え十七歳、この世界でもう十六年生きてる。

多少の木工や細工は理解できるし自分でもできるけれど、だからこそ分かる。

「うわぁ……」

ものが違う。さりげない応急処置だけれど、だからこそ腕の違いが明白だ。

短時間に綺麗に直している。ソツがない。

「わ」

「こりゃ凄い」

と、酒場の父娘二人も感心している。

「いえ、そんな……ウィリアムさまに比べれば……」

けれど、ルゥさんは俯《うつむ》きがちにそう言った。

「強くて、勇気もあって……」

……ルゥさんは、どうやら、あまり自分に自信がない人らしい。

なんとなく、前世の記憶もあるから、気持ちは分かる。

でも、だからこそ……

「そういうの、やめたほうがいいですよ」

「へ？」

しゃがんで見上げて、視線を合わせた。

われ知らず、マリーを思い出して、ちょっと丁寧な口調になる。

彼女なら……多分、僕がこんな風に鬱々としていたら、こういう風に言うだろう。

「自分は弱くて意気地がないだなんて、遠回しに自分を呪うのはやめましょう」

「…………」

「ことばには、力があるんです。……ひとを縛ったり、呪ったりもできる力です」

ハシバミ色の目が、戸惑うように揺れていた。

「仇敵《きゆうてき》に呪われるならともかく、自分で自分の心を呪っちゃうのは、やめましょうよ。自分くらい、自分の心の、いちばんの味方であってあげませんか？」

前世では、自分もできなかったことだ。

だからこんなこと、あんまり偉そうには言えないなぁ……と思いつつ、それでも柔らかに笑って、言い切った。

自分もできてなかろうがなんだろうが、それらしく振る舞うべき時というのはあるのだ。

「は、はい……っ！」

幸いなことに。

ルゥさんの背筋が、少しだけ伸びた気がした。

◆

この世界には、壺煮《つぼに》という料理がある。

さまざまな具と、水、酒、塩、それに香草や香辛料を広口の壺に入れて、煮立てる。

要はごった煮なのだけれど、上手《うま》い人が作ると、出汁《だし》の旨味《うまみ》と香草の風味、香辛料の刺激が程よく調和して、とても美味しい。

今、僕の目の前には、まさに蓋をされた広口の壺があった。

給仕さんが厚布を手にして蓋を取ると、ふわりと良い香りが立ち上る。

川魚の壺煮だ。

「わあ……」

《灯火の河港《トーチ・ポート》》の傍《そば》を流れる大河でけっこう安定して捕れる、白身の大きな魚。それに刻んだ季節の野菜と、少し古くなったワインと、岩塩や香草なんかを混ぜて煮込んである。

これに堅めの雑穀のパンと、山羊《やぎ》のものらしい癖のある香りのチーズひとかけに、お湯で薄めたワインがつくのだから、上等な部類の食事だ。

ちょっと何か野菜くずとかを混ぜた主食の粥《かゆ》に、塩っ辛い保存食系の付け合わせだけ、とかでも結構マシな部類。

《獣の森《ビースト・ウッズ》》の寒村を施療などで回っていると「これが食事で御座います」と、もっと凄《すご》いものを出されて流石に閉口することもある。

今の時代、この地域、栄養バランスとか食べる楽しみとかを放擲《ほうてき》した料理なんてザラにあるのだ。

……調理というのは豊かさの上に成り立つ文化なのだと実感させられる。

だからこそ、ちゃんとした食事はありがたい。

「地母神マーテルよ、善なる神々よ、あなたがたの慈しみにより、この食事をいただきます。ここに用意された食物を祝福し、わたしたちの心と体を支える糧として下さい」

すっかりもう習慣になった、いつもの祈り。

……祈りが気持ちの切り替えや整理にとても有効な手段だというのも、この世界に生まれてから学んだことだ。

「聖寵《みめぐみ》に感謝を」

前世でも宗教というのは連綿と何千年も受け継がれていたものだけれど、長く生き残るものには必然、相応のメリット、有効性がある、ということなのだろう。

当たり前といえば、当たり前のことだ。

「それじゃ、乾杯」

黒髪を編んだ、ドワーフのルゥさんに杯を掲げる。

ルゥさんも控えめに杯を掲げて応じてくれた。

壺から大きな木匙《さじ》で、陶器の皿に取り分ける。

「……あ、やっぱり美味しい」

ほろりと崩れる魚の白身。

よく出汁の染みたざく切りの野菜。

労働者向けの味付けか、ちょっと塩っけが強いのがお酒と合う。

ルゥさんも同意するように頷《うなず》いた。

堅いパンを、汁に浸して食べている。

美味しそうなので真似《まね》た。美味しい。

チーズも癖があっていい。

単体だとちょっと匂いがきつくて濃厚すぎるけれど、パンと合わせて食べると丁度いいくらいだ。

ひとしきり、二人で酒場の料理に舌鼓を打つ。

ルゥさんもだいぶ硬い表情だったのが、美味しい料理に雰囲気が柔らいできた感じだ。

「そういえば、何だってこんなところにいたんです？」

ふと問うたのは、そのことだ。

この人が善意で、あの二人を止めに入ったことについては、まったく疑っていない。

どう考えてもそういう人だ。

けれど、このあたりは人間が多い通りだ。

この《灯火《トーチ》の河港《ポート》》では幸い、表だっての大きな種族間対立なんかはまだ起こっていないけれど、それでも文化と生活習慣が違う。

必然、居住地域はある程度の色分けがなされている。

ドワーフの彼が、なぜここにいたのだろう？

「……あ、あの、えっと」

何か言おうとするのを、頷きながら根気強く待つ。

「わ、私は、移住してきたばかりで……」

「はい」

「そ、その、土地勘を摑《つか》む？　というか――えっと、その」

ああ、探検してたのか、と思いつつ。

あえて自分では言わずに、先を促すように頷く。

「探検、のようなものを……」

やけに身を縮こまらせて、言う。

「別に、おかしなことではないと思いますけれど。必要なことですよね」

「はい……」

この街もそれなりにガラの悪い人はいるけれど、僕も気をつけているし、レイストフさん達も睨《にら》みを利かせているから、流石に大通りで大っぴらに無茶苦茶をしたりはしない。歩いているだけで過度のトラブルが起こらない以上、まず歩き回って土地勘を摑んでおくというのは、割と大事なことだろう。

当たり前なのだけれど、この世界には公共交通機関も、街の詳しい地図も、交通標識も番地の表示もない。

自分の足で歩き回り、見て、頭に叩き込まないと、本当に道が分からないのだ。

……ルゥさんが僕の鍛錬を覗《のぞ》いていたのも、興味があった以外に、領主館の位置確認という意味もあったのかもしれない。

「でも、氏族の人たちが、調整とかで忙しくしてるのに……」

「……ああ、グレンディルさんですか？」

「あっ、はい」

「大丈夫、そっちの方は大凡《おおよそ》まとまりましたよ」

何も昔話や苦労話だけ聞いていたわけではない。

アグナルさんを交えて、居住区画の割り当てとか、当座をしのぐのに必要なものの貸与とか、移住希望者の人数や手持ち技能の整理とか、そういう処置もそれはそれで進んでいる。

ともあれ、だから心配しないでいいと伝えると、ルゥさんはなんだか色々な感情の籠もった目で僕を見た。

通りで子供から向けられるような、羨望、尊敬、憧れ……それにたぶん、若干の自虐とか卑屈とか、そういうものの籠もった、下から見上げるような目。

「……凄い、ですね」

なんとなく、見覚えのある目だ。

たぶん、前世で僕もこういう目をしていたことがある。

だからだろう。

「強くて、頼もしくて、差配もできて……ほんとに、私なんかとは」

「じゃ、ルゥさんもやってみます？」

「へっ？」

なんとなく、放っておけなくなってしまった。

「ある程度の強さは、食べて鍛えれば手に入ります。ある程度の頼もしさは、振る舞いと場慣れです。差配だって、人について経験を積めばできるようになります」

そういうのは、一般的な肉体と頭脳と、ちょっとの行動力さえあれば得られるものだ。

前世でも、今生でも。

それが得られないのは……何かに打ちのめされて、物事に対する意欲が折れているか、折られているかであることも多いし、それは誰にでもありうることだ。

僕も記憶している知識を見るに、前世はそれなりに教育を受けていたようだし、どこまでかはそれなりに意欲的に、うまくやっていたのだろう。

どこでどうへし折れたか、へし折られたかは思い出せないけど……こういうのは意志とか能力とか才能以外に、環境と運も絡むものだ。

どんなに意志が強くて才能がある人だって、悪意ある、残酷で劣悪な環境に不幸にも放り込まれてしまえば、打ち落とされ、叩《たた》きつけられ、へし折られることはある。

そしてそこから立ち直れるかなんて、もう巡り合わせ次第だ。

……生は必ずしも素晴らしいことじゃない。美しいことばかりでも、善いことでもない。

人間を貶《おとし》めるのが大好きな人がいて、その人が歪《ゆが》んだ原因を見ればまた別の加害者がいて、その加害者の歪んだ原因を見ればまた別の加害者がいる。

そういうろくでもなさも、この世の現実だと、死者の街から出て学ぶこともあった。

……あの不死神スタグネイトが、きわめて優秀な不死者《アンデッド》のみの理想郷、などと言い出すのも、理解できない話ではないと今は思う。

もちろん、理解できなくはないというだけだ。

受け入れられるかという話ならば、僕はそれを受け入れられない。受け入れないと決めた。

だから、

「ここで会えたのも何かの縁です。もしルゥさん……ルゥさえよければ、しばらく従士とかそういう形で、僕を手伝ってくれないかな？」

僕は不死神の理想を受け入れないと決めた者として、相応の生き方をしないといけないのだと思う。

ここで「では、さようなら」なんて言わずに。

気持ちの折れかけている誰かに、手を差し伸べられるような。

「…………」

ルゥさんは、差し伸べられた手に目を泳がせた。

「あ、あの、それは、本当に……」

煮え切らない反応だけれど、僕は頷いて笑いかける。

たとえ善意で手を伸ばしても、握り返してもらえるとは限らない。

信頼はゆっくりと醸成するもの、人助けは地道なものだ。

ぱっと思いついて、ぱっと何かをして、それで全てが片付くなんて方が稀《まれ》なのだ。

たとえここで受け入れてもらえなくても、親交を重ねて根気強く手を伸ばし続けたいと、そう思いながら、僕は言葉を重ねる。

「大丈夫。この場限りの放言とかではないですよ。……なんてったって魔法使いってのは、誤魔化すのも沈黙するのも良いけれど、嘘《うそ》はついちゃ駄目ですからね」

「あ……それは、聞いたことが、あるような」

「ええ。あれは本当なんですよ。そして僕は魔法の使い手でもありますから」

ガスいわく、魔法使いが嘘をつくと、《ことば》の持つ力が弱るのだという。

《ことば》は扱うものによって、軽くもなれば重くもなり、鈍くもなれば鋭くもなるもの。偽ることに慣れた、嘘つきの《ことば》からは、時とともに重さも、鋭さも失われてゆく。

だからこそ、学べば上達するものであるにもかかわらず、大魔法使いになれるものは一握り。

そういうものなのだ。

「だから僕は嘘は言いません。君が何かに憧れ、何かをしてみたいと思うなら、僕はそれを手伝いたいと思う」

「………」

ルゥはその言葉に、しばし沈黙して。

おずおずと、手を伸ばし、引っ込め。

「ご迷惑をおかけ、してしまうかも、しれませんが……」

それから、息を吸い――

「どうか、学ばせて下さい」

僕の手を、取った。

◆

一応、移住してきたばかりで土地勘がない上に、もう夜なので、ルゥをドワーフ街まで送っていくことにした。

……するとなんだかちょっとした騒ぎになっていた。

なんだろうと思って近づくと、各々灯《あか》りを手に、若干殺気立ったドワーフの一団があった。

「若っ！」

彼らはルゥを見つけると、血相を変えてどたどたと走り寄ってきた。

「どちらに行っておられたのです！」

「行き先は伝えて貰《もら》わねば！」

「みな心配して……」

その他諸々《もろもろ》、機関銃のように浴びせられる言葉。

その言葉から、確かに心配していたことは感じられるけれど……

「ぁ、あ……」

ルゥの目がぐるぐるしている。

「ともあれ、無事でよかった！」

「ご、ごめんなさい……」

……あー、うん。

うん。

なんとなく、ルゥの育ちと問題が分かった気がする。

どのくらい偉いかは知らないけれど、彼はドワーフの貴顕の血筋なのだろう。

ドワーフさんたちの昔話を聞くに、彼らは《くろがねの国》の再興を悲願としている。

失われた故郷を取り戻したい。それは勿論《もちろん》、良いことだと思う。

貴顕の血筋というのは、そのための軸の一つでもあるのだろうし、失いたくないと思うのも分かる。

……でも、この場合、それがルゥに対する毒になっている様子だ。

まず成人はしているであろう男が、ちょっと一人で街を見に行って、帰りが遅くなったら大騒ぎ。

たぶんろくに喧嘩《けんか》もしたことがないくらい守られていて、大切に大切に大切すぎるくらいに育てられている。

大人たちに守られて育ったお坊ちゃん、などとは思うまい。

前世の記憶。そのどこかで読んだ。知っている。

——過保護と過干渉だって、虐待のうちだ。

あれはやるな、これはやるな。

こうするべき、ああするべき。

この選択はこのように選ぶのが正解。

こんな調子で何もかも周りに決められて、決断力や行動力、意志力を育める子供がどれほどいるだろう。

「探検に出た」と言った時、身を縮こまらせていた理由も分かった。

そんなことすら、普通に許されない環境で育っているのだ。

「ともかく今後は、もうこのようなことは……」

ドワーフの一人が、そんな風に話を締めようとする。

ルゥがなんだか窒息しそうな顔で、頷《うなず》こうとする。

「――すみません」

そこに、割って入った。

よその家庭の問題ではあるけれど、少なくとも、この状況を継続してのルゥの行く末は見たくない。

……僕のわがままかもしれないけれど、割って入る理由はこれだけでいいと思った。

「わたくしはウィリアム・G・マリーブラッドと申します」

右手を軽く左胸に当てて、古式の簡易な礼をする。あえて、目下に対するものだ。

――相手がたも老齢のドワーフさんたちが多い。その名乗りと動作で察したのか、慌てて目上に対する礼を取る。

「まずは謝罪を。たまたまお会いしましたルゥ殿と意気投合し、ずいぶんと遅くまで話し込んでしまいまして……」

「い、いえ……！」

領主、とか、あれが聖騎士《パラディン》、とか奥のほうでひそひそ声がする。

力量を測るような視線も幾つかあったので、その辺を見て取れる所作はあえてごまかさない。

自分が強者であると、きちんと示す。

「……本物だ」

「恐ろしく強い」

囁《ささや》き声がする。

顔に向こう傷のあるドワーフさんが、重々しい口調で、

「どころではない。この場の全て束になっても、へし潰されるぞ」

と、仲間たちを戒める。

「……」

そ、それは言いすぎじゃないかな。

流石《さすが》にちょっと、この場でいきなり全員敵になったら対処に迷って手を誤りかねないし。

ともあれ、そんな言葉に色を失ったドワーフさんたちを押しのけて、向こう傷のドワーフさんが出てきた。

「ゲルレイズと申す。若君についての謝罪、確かに承り申した。畏れ多く存じまする」

ぎろりと視線が向く。武人の目だ。

「して、ご用向きは」

「ルゥ殿を、我が従士として迎え入れたく」

ざわめきが広がった。

◆

「若君を、従士にですと……？」

「いや……」

「しかしそれは……」

ざわめきが拡大する。

「若、聖騎士《パラディン》殿の従士など、危険です！」

「魔獣狩りに同行するということですぞ……！」

「お考え直し下され！」

と、声を上げ始めるものもいる。

ルゥの目は泳ぎ、額には汗が滲《にじ》んでいた。

そのルゥを、僕はじっと見た。

「とにかく、もう一度一晩ゆっくり考えて……」

「そう。我らも相談に乗りますから……」

畳み掛けるように放たれる言葉に、ルゥの顔が青ざめる。

もはや反射になっているのだろう。

彼が頷きかけたその時。


「──君は、どうしたい？」


僕は、それだけを問いかけた。

ルゥが目を見開いて──周囲の声に、迷うように瞳を揺らし。

それから、ぐっと、唇を引き結んだ。

「わ、私は……！」

ルゥが、絞り出すように言葉を発する。

「私は、この方のもとで学びたい！」

その叫びは意外なほどよく通り、響いた。

突然のことに動揺した、ドワーフさんたちを黙させるほどに。

「戦士の何たるかを！　勇気の何たるかを！　己が手で、掴《つか》み取りたいのだ！」

熱が籠《こ》もっていた。炎のような熱が。

「──危険に身を晒《さら》さずして！　己が足で一歩を踏み出さずして！

戦士の何を知ることができよう！　勇気の何を知ることができよう！」

すっくと背筋を伸ばすと、ルゥの編んだ黒髪が跳ねた。

見開かれたハシバミ色の瞳には、灼《や》けつくような光が宿っている。

「私は偉大なる祖霊と祖神にかけて、恥じぬ己でありたい！　戦いと勇気、そして気高き振る舞いを知らずして、何がドワーフか！

——私は！　この思いを、覆す気はない！」

無骨な山の民たちが、たった一人の叫びに圧される。

凄《すご》いな、と僕は思った。

ここまでハッキリと言えるとは、正直なところ、思っていなかった。

……思った以上に、ルゥは、凄い。

「ウィル殿！　今この場で、私を従士にして頂きたい！」

そう言うとルゥは駆け寄ってきて、跪《ひざまず》くと、僕に組んだ両手を差し出した。

ブラッドの声が、脳裏をよぎった。


——戦士の道において、組んだ両手を突き出すのは、己の『まこと』を捧《ささ》げる証《あかし》だ。

——捧げられたら両手で包んで受けるか、拒絶するかの二つに一つ。

——軽々には包むなよ。戦士の『まこと』を受ける意味は、重いからな。

神殿の夜。

眼窩《がんか》の奥に、青白い鬼火を宿らせた骸骨《スケルトン》が、カタカタと顎を鳴らして笑う。


——包む意味か？　そりゃあな……


「汝《なんじ》の捧げし『まこと』を」

差し出された、熱い両手を。

「——我が手にて護《まも》らん」

がっちりと包み取り、変則的な握手を交わす。

高揚と緊張で硬く不安げな表情をしていたルゥの顔が、僕を見上げ、安堵《あんど》したように緩んだ。

「簡略ですが、従士の誓いを受けました。——ですので主たる騎士として、今より僕がお話をお受けしますが」

ぽんぽん、とルゥの肩を叩《たた》きつつ、ドワーフさんたちを見回す。

「皆さまに、一つ伺いたい。我が名は、一時なれど彼の主たるに不十分でしょうか？」

……従士というのは、この時代においてそう低い身分ではない。

経歴に箔《はく》をつけるために、武勇と品行において名高い騎士の従者を務める貴族の子弟や、王族もいる。

僕は、王国にとって陪臣、つまりオーウェン王の臣下であるエセル公の臣下で、最果ての地を治める領主だ。

社会的な序列からすると、そこまで高位ではない。ないのだけれど、個人的な勇名は轟《とどろ》き渡っている。

――《飛竜殺し》にして《魔獣殺し》。

――《灯火《ともしび》の運び手》、《最果ての聖騎士《パラディン》》。

ルゥがドワーフのうちでいかなる身分であれ、僕のもとについて恥にはならないだけのことをしてきたという自負はある。

「む……」

「うむ……」

その問いに、皆が答えに詰まったところで。

「――是非もなし」

ゲルレイズさんが、重々しくそう呟《つぶや》いた。

「ゲルレイズ、認めるというのか」

「若君のご意志であるぞ」

「しかし――」

「これまで我らの苦境を思い、幼き頃より我儘《わがまま》一つも言わなんだ、その若君のご意志であるぞ」

ゲルレイズさんが重ねると、反論しようとしていたドワーフさんも黙り込んだ。

「若。グレンディルにはそれがしから上手《うま》くお伝えしましょう」

「……あ、ありがとう、ゲルレイズ」

「しかし」

躊躇《ためら》いがちに礼を言うルゥに、ゲルレイズさんはしかし、ぎろりとした鋭い視線を向けた。

ルゥがびくりと震える。

「それがしは若は、今日この日、死んだものと思わせて頂きまする」

「そ、それは……」

「優れた戦士に『まこと』を委ねた以上、ゆめ、身命を惜しもうなどと思いなさるな。いざとなれば、すぱりと死ぬことをお覚悟の上、しかとお仕えなされい」

向こう傷のドワーフは、険しい顔でそう告げた。

その張り詰めた言葉に、ルゥの表情も、引き締まる。

「よろしいか」

「心得ました！」

そして、ゲルレイズさんは僕を見る。

「のち、グレンディルとともに挨拶に伺います。——若のことを、どうか」

「しかと承りました」

そう答えると、彼は向こう傷を歪《ゆが》めて、武骨に笑った。

ブラッドを思い出す、戦士の笑みだった。

三章

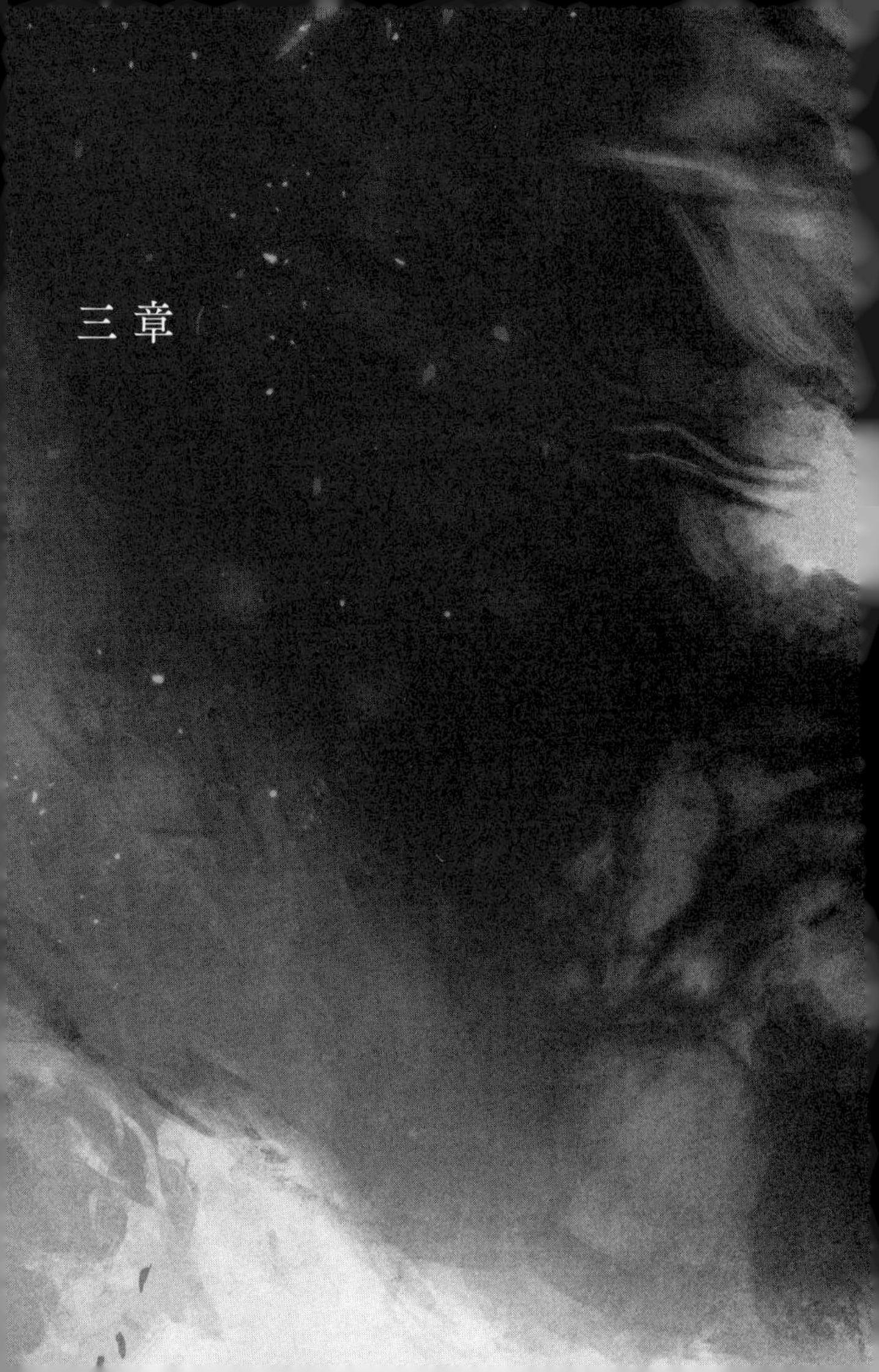

黒髪のドワーフ、ルゥが従士になった。

ゲルレイズさんは約束を違《たが》えず、グレンディルさんを説き伏せたようで、後日、グレンディルさんから正式に挨拶もあった。

「えー、というわけで、ルゥ。従士は、費用を自弁ってケースも多いみたいだけど……とりあえずうちでは、装備は支給して給金も出します」

「よ、よろしいのですか?」

「よろしいも何も、今のドワーフ移民さんたちからお金を巻き上げたら、相当の鬼畜野郎だよ僕」

まだ生活基盤も整っていない人が多いのだ。

流石《さすが》にそれはできない。

「というわけで、給金の額を相談しよう」

「え。えっと、お仕えできれば私はそれで……」

「駄目です」

「だ、駄目ですか」

「昔からある人によく言い聞かされたんだけど、おカネってのは大事なんだ。……そうだね、従士に迎え入れるってのは、たとえば使用人を雇うのとはまた違うけれど」

「はい」

「僕が君に対価を払わない、君が対価を受け取らないということは。君の仕事、君の『まこと』には価値がない、と捉えることもできます」

「………」

「なんでも値段をつけるのは品がないかもしれないけど、一番分かりやすい指標だから、金銭関係はきちんとしよう」

　ガスも、きっとそう言うだろう。

　そんな風に思いながら、強い口調で断言する。

「……大人なんですね」

「大人になろうと頑張ってるだけだよ」

　そんなやりとりを経て、給金とかの細かい話も決まり。

　ルゥは住み込みで働くことになり、朝の鍛錬にも加わるようになった。

　……そして、そこで何から教えたらいいかと考え始めて、僕はちょっと戸惑うことになった。

「はぁ、はぁっ……っ！」

「はい、もう一周ー」

ルゥを連れて、街の周りを走る。

――考えてみると今まで、僕は弟子の類《たぐい》をとって、何かを教えた経験はない。

ブラッドに教わったことを思い出してみるけど、幼子の頃から習っていた僕と、既に体ができているルゥでは、違う点も多い。

どうやって順序だてて、戦い方とか、戦士のあり方とか、そういうものを教えていくか。

どうすれば彼は、それを学べるのか。

そう考えてみて、改めて分かった。

ブラッドもマリーもガスも、何でもないことのように僕に自分の技術を教えていたけれど……あれだけ沢山のことを効率よく僕の中に吸収させるために、彼らはどれだけの工夫をしていたのか。

何気ない、たとえば足さばきと構えのどちらを先に教えるか、とか。

そんな部分にさえ、教える視点に立ってみたら、理があり、工夫がある。

「最後！　全力っ！」

へばりかけの、それでも食らいつこうと駆けるルゥを励ますように走る。

……教えることで、まだまだ三人のいた場所は遠いなと、実感させられた。

でも、いつか。

いつかきっと、追いつくのだ。

「お疲れさまっ！　軽く歩いて息を整えたら、次は筋力の鍛錬だ！」

「は、はいっ！」

「筋力は戦闘における基本中の基本だよ。師曰《いわ》く、鍛えられた筋力による暴力があれば、大抵のことは解決する！」

「……は、はいっ！」

三人に肩を並べられるように。

僕もここまで来たよと笑えるように。

捧《ささ》げられた『まこと』に、恥じないように。

……精一杯やろう。

◆

——さて。

繰り返しになるけれど、僕に期待されているのは、腕尽くで地域の安全を確保できる武力であり、地域を代表して王弟殿下と交渉の場に立てる聖騎士《パラディン》という肩書きだ。

だから従士であるルゥにも、まずは物理的に強く在ることを求めて戦士としての教育を施している。

この危険な森林地帯でも、もっとも危険な場所に頻繁に踏み入り、無数の危険と戦う僕に仕えるのに「身を守れません」では話にならないからだ。

ただ、それはそれとして、僕にまったく領主めいた振る舞いがないかというと、それはまた別の話だ。

……その日は、ちょっとした寄り合いがあった。

ファータイル王国の《南辺境大陸《サウスマーク》》開拓政策によって、この大地には北の《草原の大陸《グラスランド》》から、多くの土地から人々が入植してきている。

たとえばあの《白帆の都《ホワイトセイルズ》》の羊料理のお店の人は、北東の《乾きの風の地《アリードクリメイト》》の出身だった。

レイストフさんは外見的特徴や、厳しくも静かな立ち居振る舞いからして、たぶん北の大陸のうちでも更に北方、《氷の山脈》あたりの生まれなんじゃないかと思っている。

エセル殿下やバグリー神殿長は言うまでもなくファータイル本国、首都の《涙滴の都《イリアステイア》》の出身だ。

ファータイルの西にある中小王国の連合体である《諸王国連合》や、未だ争乱の続く群雄割拠の東南部、《争乱の百王国》とかから来る人も多い。

あるいは《中つ海》に点在する島々や、各地のエルフの大森林とか、ドワーフの山脈、それより更にもっと遠くの出身者。

そして吟遊詩人《トルバドール》のビィみたいに、もともと居所を定めず流浪するタイプの放浪の民。

本当に色々な人がこの《灯火の河港《トーチ・ポート》》にはいて、なんだかんだ気安い同国、同文化圏の人と集住するので、通りや区画によってけっこう個々に特色がある。

——個々に特色があるということは、逆に軋轢が生まれるということでもある。

互いの文化圏でジェスチャーの意味が違う、ある表現が深刻な侮辱にあたった、商習慣が違うため契約や支払いに齟齬が生じた。あるいはそもそものそもそもで、言葉が通じない。

そりゃあもう色々とトラブルが噴出する。

最初のうちなど特にひどかった。

喧嘩が拡大し、助勢が更なる助勢を呼び、街の中で複数グループが一族郎党を率いた合戦めいた状況になりかけたことさえあったのだ。

その時は深刻なことになる前に、僕とメネルとレイストフさんで強引に場を鎮めたけれど、文化が違うというのは本当に怖い。

……こういうのを放っておけば混乱は拡大するばかりなので、神官さんたちと相談して色々と街の中限定の決まりや罰則も作った。

商売をするときの決まり。

船や港を使うときの決まり。

問題が発生した時、筋と道理を尽くして領主やその部下の神官に訴え、沙汰を待つという決まり。

それをやらずに争乱を起こした場合どんな処罰を受けるか。

争乱に乗じたり、助太刀したりして拡大させたらどんな処罰を受けるか。その他諸々だ。

……前世の昔の喧嘩両成敗法ってあれ、作られるべき理由があって作られたんだなぁ、と実感させられた。

より規模の大きい《白帆の都《ホワイトセイルズ》》を統治するエセル殿下や、そこで大神殿を運営しているバグリー神殿長の苦労がしのばれる。

ともあれ、そうやって決まりや罰則を定める硬めの対応の他に、より柔らかい対応も必要になる。

各グループ代表者が集まる定期的な寄り合いを設けたのも、その一つだ。

この日、ルゥの鍛錬をメネルに任せて、できるだけ顔を出すようにしていたその会合に参加して、さまざまな意見を見聞きして書きとめ。

午前遅めの時間からお昼を挟み、午後まで話し合って解散となった後、僕はある酒場に足を向けた。

例の、ルゥと話をした酒場だ。

あれから特に問題なかったかとか、ご店主の病気が再発していないかの確認のためだ。

軽い病気だから問題ないとは思うけれど、生活習慣とか栄養状態に根ざした病気は、祝禱術で癒やしてもあっさり再発することがある。

祈りも奇跡も、万能ではないのだ。

「――えー、っと」

営業中に領主がそうそう踏み込むものではないので、準備中の札がかかっていることを確認する。

中から話し声がするので、そのままノックをしようとすると――

「急な話ですみません。よろしくお願いします！」

「なんの。成し遂げてみせますわい」

僕の前で、扉が開いた。

「……あ」

思わず、目を見開いた。

「あら、領主さま！」

彼の後ろで、給仕の娘さんが口元に手を当てて驚いている。

「……これは、どうも」

酒場の入り口。

ばったりと出くわしたのは、向こう傷のドワーフ、ゲルレイズさんだった。

◆

酒場のご店主の病気はすっかり治ったようで、特に再発の様子もなかった。

歓待してくれようとする彼らのもとを、準備中に迷惑をかけられないと辞去して、僕は通りを歩いていた。

隣を、ゲルレイズさんも歩いていた。

「…………」

「…………」

向かう道が同じなのだ。

ドワーフらしく寡黙な彼は、無言で歩みを進めている。

なかなか厳しい雰囲気の人で、声をかけづらいところがあるのだけれど、

「……ゲルレイズさんは、あのお店で何を？」

沈黙に耐えかね、僕は話題を振ってみた。

「十日ほど後に大きな祝い事の予約が入ったとかで、それなりの量の獣肉の調達依頼を受けましてな」

「ということは、狩猟を生業に？」

「いや。本業は傭兵、腕貸しの類ですな。しかし多少、石弓《クロスボウ》や罠なども扱えますで――」

「副業みたいなものですか」

「そうなりますな」

声をかけてみれば、彼は意外なほど滑らかな口調で答えてくれた。

なるほど、傭兵や腕貸し。ブラッドと同じ仕事だ。

彼の顔面の古傷は、明らかに刀剣の跡だったので、それで納得した。

午後の通り。

日差しはきらきらと輝き、どこか遠くの工房から槌の音が響く。

人々がさまざまに語り交わしながら歩く道を、僕たちも歩く。

時折、僕に気づいて会釈してくる人もいた。

「……良い街ですな。ほんの数年前にできたにしては、考えがたい発展ぶりだ」

「ええ。色々な方が、協力してくださったおかげです」

ゲルレイズさんは僕の返答に頷き。

それからまた、沈黙が落ちた。

……今度の沈黙は、あまり気詰まりではなかった。

「のう、聖騎士《パラディン》殿」

「はい」

「……わしは、かつて《くろがねの王国》に仕える戦士でした」

隣を歩くゲルレイズさんの表情は、穏やかなものだった。

「当時、まだ戦士としても未熟であったわしは、我らが大君とともに死を得ることを許されなんだ」

口調も静かで。

「我らが君の遺命を守り、残された民を守り、武器を手にして多くの者に雇われて日々の糧を稼いで参りました」

「…………」

「安住とは難しいもの。多くの地を流れ、流れて、今日まで参りました」

けれど腹の奥で、多くの感情が渦を巻いているのが分かるような。

そんな、色々なものが滲む声だった。

「若君のこと。どうか、よろしくご指導下され」

「――はい」

僕は立ち止まり、表情を改めて。

左胸に拳を当てて、

「灯火《ともしび》にかけて」

そう誓った。

◆

つう、と首を汗が伝う。

庭の草地で、僕とルゥは組み合っていた。

メネルがそれを横から眺めている。

「ぐ……」

色々と考えた末に基礎の次、僕はまずは、組み打ちから教えることにした。

ルゥは生来、体格はいいし、ドワーフ種族の生得的な性質なのか、訓練を受けていない割に筋力もあるようだ。

まず筋力の影響がとくに大きい組み技を教えて、自分の能力に自信を持つところから始められたら、と思ったのだ。

「う……」

――けれど、これは予想外だった。

若干、僕のほうが強いけれど……僕の全力の引き込みに対して、ルゥは食い下がってきている。

単純な押し引きのやりとりで、ある程度、膠着《こうちゃく》しているのだ。

専門的な鍛錬もしていないはずなのに、とんでもない筋力と、そしてセンスだ。

……天稟《てんりん》がある、としか言いようがない。

「ぐ、ぐ……」

ルゥが、人を打ったり組んだりするのを、躊躇《ちゅうちょ》していた理由が分かった。

確かに生来、こんな桁外れの筋力をしていたら、そうなってもおかしくはない。

……実際に誰かを、意図せず傷つけかけたか、傷つけたことがあるのかもしれない。

「ルゥ」

だから僕は、あえて余裕の顔を作った。

平然とした風で、声をかける。

「これが、全力?」

「ぐっ、ぐぅ……!」

物凄《ものすご》い力に、みしみしと全身が軋《きし》む。

けれど堪《こら》えて押し返す。

ブラッドと造ってきた身体は、この程度の負荷に負けるほどヤワではない。

「まだまだいけるんじゃない?」

「ううう……!」

思う存分やっていい。

暴れていい。

……ルゥには、多分、まずはそこからだ。

「この程度なら……」

正面から、思い切り。

腰を落として、全力で押し込んでゆく。

「う、ぁ!?」

ずるずると、踏ん張ろうとする足の跡を残して、ルゥがまっすぐ押し込まれてゆく。

「押し勝てるよ。僕のほうが強い」

だからもっと、暴れていいんだ。

思い切り力を奮っていい。

そう心で告げながら、体を捌《さば》いて内懐に入ると、ルゥを担ぎ上げ、思い切り地面に叩《たた》きつけた。

頭だけはぶつけないように、襟首は離さない。

「ぐぁっ！」

「はい。ルゥの負けだ」

この辺、基本的に容赦はしない。

痛みに慣れるのも訓練のうちだし、嫌われるのは覚悟の上でやらないといけない。

やらないといけない、のだけれど……

「い――」

「ん？」

「今の技はどうやるのですかっ！」

すぐさま起き上がり、キラキラとした目で聞いてくるルゥ。

延々と走らせたり、投げ飛ばしたり、けっこう痛いこと苦しいことをしているのに、一向にへこむ様子がない。

本当に頑強だし、意欲的だ。

「今の技は、あー……メネル、ちょっと来て」

「俺、実験台かよ……」

「横から見たほうが分かりやすいし、お願い」

「お、お手数おかけします！」

「ったく。しょーがねぇな、綺麗《きれい》に投げろよ！　綺麗に！」

◆

――ルゥが戦士になる日は、思ったよりも早く来るかもしれない。

この世界の魔法の訓練とは、時に演劇と書道に似ている。

声で《ことば》を使うには、声量、発音ともに正確な発声が必要なので、ボイストレーニングは必修だ。

同様に文字、つまり《しるし》を使うには正確な記述が必要なので、運筆の訓練も必修となる。

結果として、魔法使いの筆使いは綺麗なものになる。

有力者に仕える魔法使いなどは、書記官を兼ねて務める場合も多いらしい。

僕もその例に漏れず、ガスにさんざん仕込まれた結果、けっこう綺麗に字が書ける。

「……ん」

執務室。

魔獣の羽を使った羽ペンで、あらかじめ考えておいた簡潔で格調ある文章を左から右へ、丁寧に記してゆく。

紙は手に入る限りで一番よいものだし、インクも上質のものだ。

書き終えると、吸い取り砂を使って余分なインクを取って、紙を丁寧に畳む。

まず上下を三つ折に折り込んで文章を隠して、それから横方向に三つ折に折り込むと、封を当てる準備をする。

朱色の蠟《ろう》を少し火で炙《あぶ》り、垂らして閉じて、去年作ったばかりの印章指輪で印を押した。

盾の中に、輪廻《りんね》の円環を照らす灯火のシンボル。僕、というか『マリーブラッド家』の紋章、家紋だ。

これをどうするか色々と考えはしたけれど、結局、グレイスフィールの『円環と火』のシンボルに、騎士を示す『盾』のシンボルに落ち着いた。

最後に、きちんと裏面に、差出人である自分のサインと、宛名が入っていることを確認する。

宛先は、バート・バグリー神殿長だ。

「……よし」

手紙の中身は、文献調査の依頼だ。

あの森の王の座所で、《ヒイラギの王》が語った言葉。

――鉄錆《てつさび》の山脈に、黒き災いの火が起こる。

――火は燃え広がり、あるいは、この地の全てを焼きつくすであろう。

――かの地は今や悪魔《デーモン》どもの巣窟。山の民の黄金を寝床とし、巨大なる邪炎と瘴気《しょうき》の王が眠りを貪る地。

ドワーフさんたちの昔話。

――竜が来るぞ。

――竜が来る！　竜が来る！　ヴァラキアカ！　災いの鎌が下る！

それらを踏まえたうえで、神殿や、あるいは魔法使いの集う《賢者の学院《アカデミー》》の資料を調査してもらわねばならない。

なにせ、相手が相手だ。

「…………」

もし、鉄錆山脈にいる『災いの火』、『邪炎と瘴気の王』が、もし《将軍級《ジェネラル》》の悪魔《デーモン》であれば、勝利をもぎ取る自信はあった。

たとえ取り巻きがいようと、それでも何とかできる。その程度の経験を、この二年で積み上げてきた。

最悪の最悪、どうしようもなくなっても、《喰らい尽くすもの《オーバーイーター》》という切り札も存在する。

何かちょっとしたミスで頓死しないかぎり――無論その可能性はあらゆる戦闘において、常にあるのだけれど――僕は、戦いに勝てる。

けれど、

「《神々の鎌《ヴァラキアカ》》」

確かエルフ語で、六つの星からなる星座、《北の鎌》を指す言葉だ。

把手《とって》のように連なる二つ星と、刃のように湾曲した四つ星からなる星座で……

それぞれの星には雷神、地母神、炎神、精霊神、風神、知識神の六大神の名を当てられている。

「災いの鎌。神々の鎌」

それだけの名で、誇り高きエルフたちから呼ばれ、恐れられるほどの。

多分、間違いなく、真性かつ太古から生きる——

「ドラゴン、か」

竜と戦ったことは、ない。

ブラッドの武勇伝にすら、登場はしなかった。

だから僕は、その強さのほどや勝ち目についても、ほとんど推測すらできない。

「…………」

始祖神の創世の時に生まれた竜たちは、善神と悪神たちの戦いにおいて、神々に次ぐとされたその比類ない力を奮った。

強靱《きょうじん》な鱗《うろこ》に覆われた、しなやかで巨大な体軀《たいく》。生得的に《ことば》を操る知性。

風を捉える力強い翼。樹木のように太い牙、名剣のように鋭い鉤爪《かぎづめ》。

彼らの多くは、今ではこの世界から姿を消している。

神々の戦いで数を減らしすぎたためであるという説もあるし、窮屈なこの物質界を脱して神々の次元へと昇華を果たしたのだという説もある。

諸々《もろもろ》の説の真相がどうであれ、この世界に竜は、もうほとんどいない。

多くのきらびやかな伝説と、かつて竜の眷属《けんぞく》であったとされる種々の亜竜たちが、彼らが実在したことを証すのみだ。

「……竜」

繰り返そう。

彼らの力は、神々に次ぐ。

ガスに半身を殺され、力を削《そ》がれていたであろう不死神スタグネイトの《木霊《エコー》》ですら、あれほど危険で、絶望的で。

……僕は一度、あの時、死に瀕《ひん》した。

灯火の女神さまの救いの手がなければ、そのまま死んでいただろう。

不死神のもたらした恐怖を、思い出す。

ぞくりと背筋が震えた。

「……《木霊《エコー》》と、竜」

どちらが強いか。それは、分からない。

けれど竜がスタグネイトよりも大幅に弱い、なんてことだけは絶対にないだろう。

であれば、慎重を期したい。

そう思って、時間に余裕があるうちに、何か手がかりがないかと神殿長に調査を依頼することにしたのだ。

神殿や、ガスもかつて所属していた《賢者の学院《アカデミー》》にはさまざまな書籍と、多くの才知が集う。

時には森を飛び出し、知識を求めたエルフが所属している場合もあるようだし、古い伝承などが引っかかるかもしれない。

「ふぅ……」

心を整えるために、息をつく。

そりゃあ僕だって男の子だし、ブラッドに鍛えられた戦士だ。

強さには、少しは拘《こだわ》りがある。

けれどそれと同時に、もう何度も実戦をして分かったことがある。

実戦は、過酷で残酷で油断のならない現実そのものだ。

始まってしまえば、まずどちらかが死ぬ。

「嫌だな……」

久々に、手が震えている。

同格以上の相手。負ける公算の高い相手。

自分の命を無残に、残酷に奪い去っていくであろう相手。

「嫌だ、なぁ……」

自然、マリーのことを思い出した。

抱きしめられた時の、焚《た》いた香のいい匂い。

ウィル。ウィリアム。僕をそう呼ぶ、おかあさんの声。

「……怖いよ」

小さく、そうこぼした時だ。


「ビビってんじゃねぇぞ！」


思わずびくりと肩を震わせた。

誰かに聞かれたのかと思ったからだ。

けれど、

「おら、もう一本！」

それは、窓の外からの声だった。

覗《のぞ》いてみると、メネルとルゥが模擬戦をしていた。

◆

「そら！」

「ぐ……っ」

以前に鍛錬用に作った模擬剣を手に、防具をつけたメネルが、ルゥをあっさり蹴倒した。

「防具の上から打つの躊躇《ためら》っててどーすんだよ！　ウィル以上にお優しいっつーか甘っちょろいなテメーは！」

呻《うめ》くルゥを睥睨《へいげい》して、メネルが挑発する。

「おら。どーした、もう降参か？　尻尾巻いて逃げ帰るか、お坊ちゃんよ？」

「ま、まだまだ……！」

ルゥが模擬剣で打ち掛かる。

メネルは避けさえしなかった。

防具の額当てで、真っ向から振り下ろされた模擬剣を受ける。

鈍い衝突音が響いても、反射で目を閉じさえしなかった。

「おい、真っ向当ててそんなもんか？　そのぶっとい腕は飾りか？　オイ？」

模擬剣を受けたまま、メネルがにじり寄り、睨《ね》め付ける。

ルゥがびくりと怯《ひる》んだ。

「おーおー、分かりやすくビビったな？　そのままワンワン泣いて逃げるか、ほら」

「に、逃げないっ！」

「じゃあもっと打てっ！　力込めてみろヘタレが！」

「うわぁあああっ!!」

振り回される模擬剣を、メネルが防具でうまく受ける。

ルゥが全力で振り回すそれは、もう防具越しでもかなりの衝撃があるはずなのに、痛がる素振りを見せすらしないのは流石《さすが》だ。

――メネルは最近、ルゥとの訓練で追い込み役を一手に引き受けてくれている。

ルゥはどうにも優しすぎる。

筋力はかなりのものだし、技の習得にもセンスを発揮するのだけれど、実際に模擬剣で打ち合ってみたり、組み合ってみたりすると、筋力に劣るはずのメネルに打たれ、投げられる。

相手への共感が強く、痛めつけるのを躊躇いがちなその優しさは、人としては文句なしの美徳ではあるけれど……戦士としては、欠点以外の何ものでもない。

メネルと二人で相談した結果、「これは動きを体に染み込ませるしかない」と結論づけた。

そういうわけで今、メネルは憎まれ口を叩《たた》き、蹴倒し、追い込んでは、ひたすらルゥに打ち込ませている。

僕が鳥獣を相手に殺し慣れを仕込まれたように、「多大なストレスのかかる戦闘という状況」と、「生きている相手を全力で叩く」ことに慣れる。

……そこが第一歩だ。

「あああああっ!!」

「が……っ!」

物凄《ものすご》い音がした。

横薙《な》ぎに薙ぎ払われたルゥの模擬剣が、メネルをぶっ飛ばしたのだ。胴の防具に当てたうえで、だ。

……あれは痛い。間違いなく、むちゃくちゃ痛い。

「へっ——今のはなかなか、気合入ってたな」

けれど、メネルはそれを表に出さなかった。

若干、眉間に皺《しわ》を寄せたくらいで、無理やり平然とした表情を保っている。

「その調子だぜ」

凄《すご》くいい先生ぶりだ。

実は面倒見もいいし人生経験もあるし、ひょっとして僕よりも教える面では資質があるのかもしれない。

「あ、ありがとうございますっ！」

そして、ルゥはまっすぐだ。

怯むことはあっても、相手を気遣って手が緩むことはあっても、それでも大声を出し、凄み、迫るメネルを相手に目が死んでいない。

きらきらと輝くハシバミ色の瞳で、叫びをあげて、圧倒的に格上の戦士であるメネルに向かっていく。

――凄いな、と思った。

一戦ごとに、彼が少しずつ強くなっていくのが見える。

今日できなかったことが、次の日にはできるようになっている。

次の日にできなかったことも、その次の日には。

それはどれも、小さな変化だ。

時々は努力の方向を間違えて、少しだけ後退してしまうこともある。

だけれど、その変化を十日続ければどうだろう。

二十日続ければ。三十日続ければ。五十日続ければ。百日続ければ。千日続ければ。

ずっと続ければ、どうなるだろう。

——戦士というのは、そう生まれたから戦士なのではない。

幾度も傷つき試行錯誤し、小さな小さな成長を繰り返して、そして戦士に成るのだ。

「…………」

窓の下でまたメネルに蹴倒され、地べたに転がされるルゥは、どろどろに汚れきっている。

でも僕には、彼の姿が宝石のように輝いて見えた。

まだ人の手が入る前の、不揃《ふぞろ》いに輝く石。

これから削られ、磨かれ、きっともっと美しく輝いていくのだ。

そう思うと、なぜだか少し不安が和らいで、優しい気持ちになった。

——ブラッド。

もしかしてブラッドも、こんな気持ちになることがあったのかな？

◆

メネルに延々と追い込まれ、力を絞り尽くされ、昼食時には、ルゥはすっかり食堂でバテていた。

あれだけ頑強なルゥの体力を根こそぎ奪うのだから、メネルは本当に大したものだ。

とはいえ本人も相当消耗したようで、「外で食う。あと頼む」と言ってフラフラ街へと出て行った。

教える相手の前では、弱ったところは見せたくないらしい。

なんというか、野生動物っぽいというか、メネルらしいというか。

「はい、ご飯」

と、朝方に通いの家政婦さんたちが作りおきしていってくれた、野菜と燻製《くんせい》肉のスープを深皿に盛ってテーブルに置く。

それにふわふわというよりはずっしりとした感じの、密度の高い雑穀のパンと、茹《ゆ》で卵。

……とにかく、量はある。体作りのためだ。

「の、喉を、通る気が……」

「鍛錬がムダになるから、通らなくても押し込む。

動いたら動いた以上に体に食べ物を入れないと、鍛錬にならない」

運動後には大量に食べる。

ブラッドからも繰り返し仕込まれた基本だ。これができないと、鍛錬は鍛錬にならない。

絶食状態で動いて筋肉を弱らせるくらいなら、いっそ動かないほうがまだマシだ。

「ゆっくりでいいからこれ全部、体に入れよう」

「は、はい……」

食前の祈りを終えると、ゆっくりと食事に取り組むルゥを見ながら、煮出した薬草茶をカップに注ぐ。

こちらも日々鍛錬しているのは同じなので、黙々とよく噛《か》んで、飲み下していく。

へたばっている相手に、わざわざ話を振って余計疲れさせる気もないので、無言のままだ。

こうずっしりして、若干酸味があるパンというのは、前世だとドイツあたりのだっけ……などと、クセのある雑穀パンを噛みながら考えていると、

「……その、改めて、ありがとうございます」

ルゥが、姿勢を正して口を開いた。

「？　どうしたの？」

「従士として迎え入れて下さったこと、こうして鍛えて下さること、食事や給金まで与えて頂いて……本当に、感謝しているのです」

ハシバミ色の瞳が、こちらをじっと見つめてくる。

つまんでいたパンを手放して、視線を合わせる。

「……私たちの、昔話はご存じですか？」

「うん」

「で、では、私の立場についても」

「おおよそ想像は付いているつもりだよ。細かく詮索したりはしないから、言いたければいつでも言ってくれればいい」

「…………はい」

ルゥは少し、視線を落とした。このルゥという呼び名も、多分略称だ。

僕はまだ、彼の本名を知らない。

「私は……その、氏族の中にあって、貴顕の血筋でした」

「うん」

「父母が早くに病で亡くなったことから……氏族の皆によって、波風から守られて育ちました」

「そのようだね」

ずいぶん大切にされていた。でも――

「しかし、それで良いのかと思う自分もいたのです」

だからこそコンプレックスも生まれてしまったのだろう。

「炎の神を祖神と仰ぐドワーフの誇りは、戦士の誇り。その氏族を担う私が、こんなに弱くて、臆病で……」

貰い身分に生まれついたものとしての、義務感や責任感もあったのかもしれない。

「…………」

「わ、私は貴方《あなた》の話を聞いた時、憧れました。年も近い貴方が多くの武勲《いさおし》を打ち立て、一つの地域を担う領主と仰がれている。――貴方のようになりたい、と思いました」

ルゥが、緊張にこわばった顔を崩し、こぼれるような笑みを浮かべる。

「だから……今、貴方の側近くにお仕えできて、夢のようです。戦士の何たるか、勇気の何たるかを、貴方から学べることが、嬉《うれ》しくてなりません」

なんだかこちらまでくすぐったくなる、そんな笑みだった。

「……ありがとう。ひと時なりと、君に相応《ふさわ》しい主であれるように努力するよ」

僕は照れたように笑って、そう答えた。

それから――

「でも、勇気の何たるかは、教えられる自信がないかな？」

少し苦笑気味に、そう付け加えた。

◆

その言葉に、ルゥはきょとんとした顔をした。

何を言われているのか分からない、といった風だ。

「え、っと……」

「僕は、さして勇気があるわけじゃないってこと」

「………飛竜《ワイバーン》や、キマイラに立ち向かったのに？」

問いに対して、僕は頷《うなず》いた。

「ねぇ、ルゥ。世間からはその行いは、勇者の行いに見えるかもしれない。恐ろしい怪物に立ち向かう、勇士だって。――でも、どうだろう」

自分では、とてもそんなふうには思えない。

だって、

「確実に勝てる相手に挑むことって、『勇気がある』って言うのかな？」

ルゥが目を見開いた。

「確実に勝てる、相手……？」

「勝てるんだよ」

勝ててしまう。

僕はあの飛竜《ワイバーン》と、もしまた素手で向き合っても、百回やって九十九回は勝つだろう。キマイラと向き合っても、適切な武器と防具さえあればまず後れは取らない。

「これは率直な戦力分析として――僕は飛竜《ワイバーン》よりもキマイラよりも、圧倒的に強い。訓練した動きに任せるだけで、殺せる」

「………」

ルゥが、言葉を失った。

なんと言って良いのか、分からない様子だ。

「僕は多分、君や皆が想像しているより、ずっと強いんだ」

実際に僕が、普通の人とどれくらい隔絶した位置にいるのか——それを具体的に把握できているのは、多分、メネルやレイストフさん、他に目の利く数名くらいだろう。

「怖くないんだよ。飛竜《ワイバーン》も、キマイラも」

相手の戦力に恐怖を感じたのは、一度だけ。

あの黒い靄《もや》をまとった、あの存在にだけは、絶望して、膝を折って、うずくまった。

そして、あの時に立ち上がれたのは——決して僕に勇気があったからじゃあ、ない。

もし、僕一人だったら。

きっと恐怖と絶望に打ちひしがれて、嵐の全てが過ぎ去るまで頭を抱えていただろう。

「自分よりずっと弱い相手に勝つ人を、勇者とは言わない。怖くないものに勝てたからって、それは勇気じゃない」

「……では」

ルゥは、戸惑ったように尋ねてきた。

「では、勇気とは、いかなるものなのです？」

「……僕も、その答えが欲しいな、って思うよ」

あの時は、マリーの叱咤《しった》があったからこそ立ち上がれた。

三人を守りたいから、震える足で、無理にでも前に進めた。

僕は、とりたてて勇気に満ち満ちているわけではない。

むしろあまり精神性に頼らず、鍛錬を重ねた肉体と積み上げた準備で、勝つべくして勝っているだけだ。

前世の性分を引き継いで、臆病な方かもしれない。

「……どうやったら、自分より強い相手、絶望的な相手に挑めるんだろうね」

戦いの時は近い。

けれど完勝できる布陣なんて、組む猶予はないだろう。

その時、僕は戦えるのだろうか。

……僕にそんな勇気が、あるのだろうか。

◆

その日の午後。ルゥを伴って執務室で少ない書類仕事を片付けていると、玄関の方に誰かが来る気配があった。

来客かな、と思いつつ書類にキリをつけると――扉をノックする音。

「ウィリアム、戻ったぞ」

覚えのある声。

扉が開くと、その向こうには一人の男性がいた。

髭面《ひげづら》に、鋭い目つき。鍛え込まれた体軀《たいく》。

分厚い魔獣革のマントは、洗い落としきれない返り血や草の染みで、まだらに汚れている。

《つらぬき》の二つ名を持つ冒険者……

「レイストフさん！　おかえりなさい、どうでした？」

「依頼されていた魔獣は全て討伐した。――《隊長級《コマンダー》》の悪魔《デーモン》が、兵隊を率いて数体動き回っていたので、これもだ」

《獣の森《ビースト・ウッズ》》は広い。

各地で出没する魔獣、悪魔《デーモン》等の困り事を、僕だけで全てどうこうすることは物理的に不可能だ。

それらを解決してくれるだけの実力と、信頼のおける人格を兼ね備えた戦力の確保は、常に問題だった。

一方、レイストフさんは手応えのある強敵と、名誉と栄光を求める冒険者だ。

その剣腕、神速の突きは幾つもの武勲詩に歌われるほどだし、荒くれ揃《ぞろ》いの冒険者の中

にあって義理堅く、振る舞いにもどこか品がある。

つまるところ、僕と彼の利害は基本的に一致していた。

僕は彼の衣食住を保障し、敵を提供し続ける。

彼は僕にその剣腕を貸し、敵を倒して武勲を得る。

名目上は僕が雇い主だけれど、ベテランのレイストフさんの手際には僕の方こそ学ぶところが多い。

どちらが上ともつかない共闘関係は、現在のところ、とても上手《うま》くいっていた。

「特に大きな異常はなかった。詳細は、いつも通りアンナに報告しておけばいいか?」

「はい、それでお願いします」

「それと……新しい従士を入れたと聞いたが」

と、彼はルゥに視線を向け、

「……どうにも、風采が悪いな」

低い声で、そう呟《つぶや》いた。

ここしばらくずっと遠方の村落を回っていた彼は、ルゥと出会うのはこれが最初だ。

「あ、う……」

その鋭い視線と率直な物言いに、ルゥが少し怯《ひる》む。

レイストフさんは、少しの間、ルゥを無言で眺めると……つかつかと歩み寄り、立ち上がった彼に手を伸ばす。

「猫背すぎる」

レイストフさんはルゥの背中を軽く叩《たた》くと、両肩を握ってぐい、と引きつけた。

「肩が前に出すぎだ。その姿勢はしょぼくれて見え、押し出しが極端に悪くなるぞ」

いいか、と彼は言った。

「男ならば顎を引き、背筋を伸ばし、唇を引き結べ。視線を彷徨《さまよ》わせるな。向き合っている相手の目か、口元にぴたりと合わせろ」

「は、はい……！」

「良し。少しはマシになったな」

レイストフさんは、いつも目を見てしゃべる。

「俺はレイストフだ。名前は」

「ル、ルゥと」

「ルゥか。ウィリアムをどう思う」

「そ、尊敬しています！」

そうか、とレイストフさんは頷いた。

「ならば従士として、あるじの格を下げるような振る舞いはするな」

「！」

「常に凜《りん》と背筋を伸ばし、視線をまっすぐに据えろ。口を開く時は、正しい言葉で堂々と語れ。語れぬならば、むしろ沈黙を選べ。――それがひとかどの男というものだ。いいな？」

「はいっ！」

レイストフさんがルゥに語るごとに、ルゥの背筋が伸び、視線が据わってゆく。

なんとなく、ルゥの気持ちが分かる。

なんというか……レイストフさんに鋭い目でじっと見られながら、こう言われると、できそうな気になってくるのだ。

相手をその気にさせる、というのも一つの才能なのかもしれない。

「……ウィリアム」

「はい」

「構わんか？」

「どうぞ」

レイストフさんは時々言葉が少ないけれど、もう数年の付き合いなので、だいたい分かるようになってきた。

この場合の「構わんか？」は、「俺もコイツの立ち居振る舞い等諸々《もろもろ》に口を出しても構わないか」だ。

「むしろ僕から、レイストフさんにもお願いしようと考えていました」

「そうか」

ゆっくりと頷くレイストフさん。

「ルゥといったな」

「はい」

「少しばかり、口を出させてもらうぞ」

「はい！」

経験豊富で率直なレイストフさんと、素直なルゥはかみ合わせがよさそうだ。

「……そうだ、レイストフさん」

「なんだ」

「勇気って、なんだと思います？」

ふと思い立って、そう問うと。

彼は眉をひそめて僕を見て、こう言った。

「何を考えているかは知らんが。……それは、そのように考えているうちは分からんものだろう」

◆

それからしばらく、時が流れた。

情報収集を進めながら、《鉄錆山脈《ラストマウンテンズ》》の方面を警戒していたのだけれど……結局、夏から秋にかけては、拍子抜けするほどに平穏そのものだった。

麦の収穫があり、にぎやかな収穫のお祭りがあって、新しく醸造したエールや果実酒で宴が開かれた。

お酒を手に火を囲めばドワーフも人もなくて、皆、笑顔で飲み騒いだ。街の融和のためなので、僕も率先してあちこちの宴に参加した。

グレンディルさんやゲルレイズさんたちと、レイストフさんとが武勇伝を語れば、彼らは武骨者同士、意気投合したし。

メネルは珍しく、ルゥや僕と肩を組んで上機嫌だった。

そうして秋になりドングリなどの木の実が落ちるようになると、家畜を盛んに森に入れる時季だ。栄養価のある木の実を食べさせて太らせて冬越しの準備をし、そのうち一部は屠殺《とさつ》して燻製《くんせい》や塩漬けにして冬への備えにする。

冬越しのための薪《まき》や、果実や茸《きのこ》などの恵みを求めて、森に立ち入る人も増える。

今年は《ヒイラギの王》も約束したとおり、森は豊かで皆が喜んでいた。

この季節は、冒険者の人たちも忙しくなる。

これまでこの地域は、森に入る人や家畜が魔獣に狙われるため、森をあまり利用することができず、そのためにさまざまな制限を受けていた。

確保した村の周囲の小さな安全圏で、細々と生き、森の深くまで踏み入ることは自殺行為。そんな生活を強いられていたのだ。

今、僕が来てから二年、その状況は大幅に改善された。

冒険者さんたちとともに、大規模な魔獣討伐を繰り返したためだ。

かなりの地域が人の領域となり、魔獣の縄張りは後退し、牧畜や採取に使える領域も増えた。

とはいえそれでも、ここが《魔獣の森》であることは変わらない。人の領域まで侵出しようとする魔獣は多い。

それを迎え撃つのが、森に埋もれた遺跡の探索と合わせて、この地域での冒険者さんたちの大きな仕事の一つだ。

彼らは村々に雇われて、宿泊や食事、いくばくかの金銭や仕留めた魔獣の皮革などを対価に、村付きの魔獣狩人《かりゅうど》として魔獣を討伐する。

それによって村々は安全を確保し、冒険者さんたちは報償と、そして時には大物を仕留めて名誉をも得る。無論、時には死ぬこともある。

……あるいはうっかり村の娘さんとか未亡人さんと深い仲になって、そのまま居着くことになってしまうなんてのも、たまに見る光景だ。

ともあれ、そこで得られた魔獣の革や骨は、収穫された麦や野菜、薪や炭などと共に《灯火の河港《トーチ・ポート》》に売られることになる。その金銭で冒険者さんは再び装備を整え、村人さんは農具や生活必需品、家畜を買って帰る。

こうして村は富み、生産力を高め、一方で《灯火の河港《トーチ・ポート》》は得られた食料や燃料で市民を養うことができるようになる。

そうして農村から供給された食料によって活動する職人さんたち。

彼らは鍛冶や陶芸、木工、織物などをして、農村部向けや、都市部向けの商品を作る。

定期、不定期に《白帆の都《ホワイトセイルズ》》から《灯火の河港《トーチ・ポート》》周辺では生産できない品々を積み込んだ船がやってくる。

労働者さんたちが船からそれらを下ろし、代わりにここで生産された、木工品や陶器を積み込んでゆく。

商人さんたちは、その《白帆の都《ホワイトセイルズ》》と《灯火の河港《トーチ・ポート》》間の河川交易で収益をあげる。あるいは倉庫などを確保して、街のさまざまな住人に対してお店を開いて儲《もう》けているケースもある。

領主である僕——といっても実務の大半は神殿長からお借りした神官さんたちに頼り切りだ——は、この流れの各所から資金と労働力を徴収して、地域を統治運営する。

たとえば年貢やら日数を区切っての労役、港や倉庫、市場の使用料やら、諸々だ。

こうして《灯火の河港《トーチ・ポート》》の経済や産業、行政は回っている。

現在のところ、街のさまざまな産業は年々規模を拡大し、労働市場は変動しつつも若干の売り手優位を保っている。

北の《草原の大陸《グラスランド》》からの移民が増加傾向にあっても、即座にどうこう、というほど切羽詰まった状態になっていないのは、このおかげだ。

時折ふらつきながらも、バランスのとれた好循環。

これは幸福なことではあるけれど、あくまで自転車操業だ。

逆にこのバランスが崩れれば、あっという間に今の好循環は破綻する、ということでもある。

たとえばそう、基盤となっている《魔獣の森》各所の農村部が、魔獣によって大きな被害を受けるとどうなるだろう？

玉突き式に、農村部に食料と燃料の供給を頼る《灯火の河港《トーチ・ポート》》で食料危機が発生し、おまけに燃料不足から工房が操業停止、なんて事態が起こりうるのだ。

そういうのが起こってしまうと商人さんたちも往来を見合わせるから、今度は船の行き来も減る。そうなると税収も減って対応能力も落ち、ますます魔獣たちが跋扈《ばっこ》し――という連鎖に入れば立て直しは困難だ。

何かあった時のための余裕、冗長性が、客観的に見て少ない。

——トラブルは早期に、芽の段階で摘まねばならない。

◆

「はあぁぁっ！」

気合の声とともに担ぎあげられ、天地が一気にひっくり返る。

腕で地面を叩《たた》いて受け身を取った瞬間、頭のすぐ近くに強烈な踏みつけが来た。

……ある程度の加減はしたとはいえ、こちらの負けだ。

「お見事！　今のは良かったよ！」

見上げながら明るい調子でそう言うと、

「あ、ありがとうございます！」

とルゥが声を返してきた。

ここ数ヶ月で色々な人から教えを受けたルゥは、背筋もしゃんとのびて、なんだか随分と精悍《せいかん》な感じになってきた。

実戦はまだだけれど、腕もメキメキと上達しているし、立ち居振る舞いもさまになってきた。

……彼にはやはり、天稟《てんりん》があるようだった。

武器や格闘の試合に限ってならば、もう僕やメネル、レイストフさんと戦っても、分は悪いにしろそこそこ形になる。

特に、格闘は凄《すご》かった。

訓練を繰り返している内に気づいたのだけれど、ドワーフという種族は組み技にかなり高い適性がある。

彼らはがっしりしていて、筋力が高いけれど身長が低い。ルゥはドワーフにしては身長が高いけれど、それでも人間やエルフの背丈を凌ぐほどではない。

そして身長が低いということは、つまり重心が低い位置にあるということだ。

組み技の素人は、組んでの押し合いとなると「上から力をかけて、相手を潰すように押し込む」ようにイメージして、実際にそうしてしまうことが多々あるけれど。

実際には、「重心を低く保ち、下から相手を浮かせる」のが正しいやりかただ。

よく分からなければ大きい球と、その半分くらいの小さい球を横から押し付け合った時をイメージして欲しい。

押し合えば小さい球が下に潜り込んで、大きい球を浮かせてしまうだろう。

足が浮いてしまえば、もう力は込められない。

小さい球になり、下から踏ん張って、地面の力を利用して押し上げる。これが正しい組み合いの際の勝ちの原理の一つだ。

そういう意味で、低くてがっしり、というのは恵まれた体だ。

ただリーチが短い点に難があるから、武器戦闘ならやはり長柄に適性がありそうだ……

などと思っていると。

「領主さま、領主さま」

呼び声がした。

振り向くと、亜麻色の髪を編んだ生真面目そうな女性がいた。

「アンナさん」

バグリー神殿長に派遣して頂いている神官さんだ。

街の統治や祭祀《さいし》とかで、何かとお世話になっている。

……レイストフさんとの仲が怪しい、などとこの間ビィが言っていたけれど、僕はそういう機微はあんまり分からないので真偽不明だ。

「どうされました？」

「少し、急を要する陳情が」

「陳情ですか。何がありました？」

「森で不死者《アンデッド》の目撃情報があったと……」

「不死者《アンデッド》ですか……」

ここのところ、割合、魔獣や悪魔《デーモン》絡みのトラブルが多かったので、不死者《アンデッド》絡みの案件はずいぶん久々だ。

……《獣の森《ビースト・ウッズ》》周辺の不死者《アンデッド》関係の案件は、優先的に神殿経由で僕のところに持ち込んでもらうようになっている。

冒険者さんたちに投げてもいいのだけれど、彼らは必ずしも、死者を安らかに輪廻《りんね》に還《かえ》すすべを持っていない。

そりゃあゾンビやスケルトン相手なら、戦槌《メイス》担いだ戦士数人で原形を留《とど》めぬほどに粉砕しても、脅かされている人たちの問題は解決するけれど……それは、流石《さすが》にちょっとむごい。

マリー、ブラッド、ガスの三人に育てられた経歴もあって、僕は不死者《アンデッド》には感情移入してしまう。

そういうわけで、こういう案件は可能なかぎりは僕か、僕が無理でも誰か神官が出るようにしていた。

「……あ」

と、ふと思いついた。

この案件、ルゥの初陣には、ちょうどいいかもしれない。

灯火《ともしび》の神さまを信仰する関係上、僕は不死者《アンデッド》に対してはとても優位だ。

魔獣相手よりも、危険に陥った際にフォローがしやすい。

「ルゥ。この話なんだけど、僕が出るよ。ついてきてもらえるかな？」

「……！　は、はい、お伴《とも》させて頂きます！」

ルゥが、顔を輝かせた。

◆

夏の名残が残る森からは、濃い土と緑の香りがした。

下生えも生い茂り、藪《やぶ》や蔓《つる》も盛大に繁茂している。

盛夏の頃よりはマシだけれど、見通しがこうも悪いと危ない。

「ドワーフの目は暗闇でも見通せるそうだけど、視覚に頼りすぎないようにね」

「は、はい」

後ろを歩くルゥへ振り向くと、そう注意した。

ルゥは鋲打ちの革鎧《スタデッドレザー》を着込み、兜《かぶと》を被《かぶ》り、ぴかぴかの戦斧《バトルアクス》を手にしている。

元がしっかりした体つきなだけに、背筋を伸ばしてちゃんとした武装をしてみると、なかなか格好がつくものだ。

「……確認をしようか。これから向かうのは？」

「西の、《柱の塚》ですね」

　ここ最近の魔獣討伐で、人の領域も拡大している。

　山菜採りや狩りのために深くまで踏み入った狩人や、魔獣討伐の冒険者が新しい遺跡を見つけることも多い。

　今回、僕たちが不死者《アンデッド》退治に向かうのも、そういう場所だ。

　発見者が《柱の塚》と呼ぶそこは、どうやら古い、朽ちかけの木の柱が立ち並ぶ小高い丘であるらしい。

「ごく最近、発見報告があったけど、まだ探索は行われていない。その理由としてあげられるのは、だいぶ森深くにあることと――」

　風が吹く。

　辺りに、靄《もや》がかかってきた。

「地形的な問題なのか、古い魔法的な結界か、それとも土着の精霊か何かの悪戯《いたずら》なのかは分からないけれど、霧が出やすいこと」

　薄く白い霧は、進むごとに濃くなってゆく。

「そして最後に、不浄の気配があったこと。発見者の狩人《かりゅうど》さんは不死者《アンデッド》を見たって言っているけれど……」

　だいぶ動転していたらしくて、目撃情報は曖昧だ。

ゾッとするような気配とともに、霧の中で何かが動いていたような気がした――という感じだ。

もしかしたら単に、見間違い。

あるいは魔獣、あるいは遺跡から迷い出したゴーレムの類《たぐい》――

「何が出るか分からない。雰囲気に呑《の》まれての勘違いならいいんだけど、注意して進もう」

「はいっ」

それからしばらく、無言で霧の中を探り歩くと――

ふと、視界が開けた。

「ひ……」

後からやってきたルゥが、悲鳴を呑み込んだ。

「……これは、凄い」

僕は、その光景に圧倒されていた。

深い霧巻く丘に、無数の木製の柱が立ち並んでいる。

半ば剝げているけれど、どうやらかつては、赤い塗料が塗られていたらしい。

「ぶ、不気味……ですね」

「そうだね。でも、荘厳だ」

薄い白の靄の中。朽ちかけ、塗料の剝げ落ちた赤の柱の林立。

奥へ視線を向ければ向けるほど、霧の中でそれらは曖昧となり、ゆらり、ゆらりと揺れて見える。

まるで、ひどく歪《いびつ》で細長い、血色の巨人の影のように。

かつてこの場所に、確かにあった営為の残骸たちが、静かに佇《たたず》んでいる。

手の動きで合図をすると、僕たちは湿った土を踏み、慎重に前に進む。

今回、メネルやレイストフさんはいない。

全員が出張るほどの案件でもないし、《ヒイラギの王》の予言のこともあるので、《灯火の河港《トーチ・ポート》》に待機してもらっているのだ。

けれど、これはちょっと後悔した。

こういうのの探索は、どちらかというとメネルが向いている。

彼はハーフエルフとして鋭い感覚を持っているし、妖精の助けもあるので、調査ごとは僕より向いているのだ。

とはいえ、いないものは仕方ない。今回は僕がなんとかするしかない。

「…………」

左右に目配りしながら、ゆっくりと丘に近づく。

とりあえず柱を確認すると、やはり木製だ。

きちんと製材されて、八角形か六角形にされて、地面深くまで埋められている。

——赤い装飾には、今では失われた何かの部族の風習や文化、宗教的な祈りが込められていたのだろうか。

そんな風に考えていると、不意にひゅるり、と生暖かい風が吹き、

「わぁっ!?」

ルゥの悲鳴があがった。

蒼白《そうはく》になったルゥが指差す方角、柱の陰。

——こちらを見ている何かがいた。

◆

「あ、あ……!?」

咄嗟《とっさ》に《おぼろ月《ペイルムーン》》を構えつつ、蒼白になったルゥが指す方を見る。

「…………」

ひび割れた顔。

腐りかけた茶色の肌。

虚《うつ》ろな眼窩《がんか》に、乱杭歯《らんぐいば》。

それは。

それはまさに――

「腐乱死体《ゾンビ》じゃないよ」

僕は微笑《ほほえ》んだ。

「へ？」

「ほら、よく見て」

ルゥを連れて、近づく。

それは恐ろしげに黒い眼窩を開き、鳥の羽の軸で作られた歯を剝《む》いた、人型に削り出された木製の人形だった。

多分、使われた木は立ち並ぶ柱と同じものだ。

「墓守さん、かな？」

「は、墓守？」

「うん」

こういう恐ろしげな人形を配するということは、多分――

「ここ、塚……墳墓なんだよ、多分」

辺りに立ち並ぶ柱を見る。

きっと……この一本一本が、かつてこの地に生きた誰かの墓標なのだ。

そう考えると、この不思議な場所も、すっきりと説明が通る気がする。

「恐ろしげな顔をした人形が置いてあるのは、多分、盗掘者を脅すため」

人形ごときで、と思う人もいるかもしれないけれど、前世の日本人形しかり、念の籠《こ》もった感じのするヒトガタというのは怖い。

後ろめたい気持ちで墓荒らしに来た人間にとっては、更に怖く見えるだろう。

全ての不届き者を追い返せないにしろ、気合の入っていない相手ならそれで退けられる、というだけでも有効なのだ。

前世で言えば、ダミーの防犯カメラのようなものだ。

「霧が出るのもひょっとして、魔法的な結界か、土地の精霊との契約なのかもね」

先に逝ってしまった大切な人の、安らかな眠りのため。

昔の人々が、工夫をこらした結果なのだろう。

「何代にもわたって、たくさんの手間をかけて作ってきた……気持ちの籠もった場所なんだ、多分」

「…………」

そっと槍《やり》を置いて、膝をついた。

……手を組んで祈る。

墓所を荒らしに来たわけではありません。

どうか、安らかにお眠り下さい。

しばらくの祈りを終えると、ルゥも同じようにしていた。

「……あの、けれど」

「ん？」

「それじゃあ不死者《アンデッド》は、どこに？」

「ここがお墓となると、見間違えの可能性が高いのかなぁ、と思い始めてる」

「……？　お墓というと、不死者《アンデッド》が出やすいような気がしますが」

ルゥの言葉に、僕は首を傾《かし》げた。

「どうして？　みんな供養されてるんだよ？」

お墓というのは基本的に、正しい手続きを踏んで弔われた死体ばかりなのだ。

イメージ的にはともかく、むしろ不死者《アンデッド》の発生率は低い。

「殺されて隠された遺体とか、野ざらしの遺体とかのが、不死神の加護を受けやすいんだ。

——あの神さまは、あの神さまなりに優しいからね」

ぽつりと呟《つぶや》く。

「不死神が……やさ、しい？」

「優しいよ。凄《すご》く優しい」

肩をすくめる。

その点については、一度は敵対した僕でも、認めざるをえない。

不死神スタグネイトは、優しい。

ただ僕や、恐らく他の多くの人たちが、その神の視点からの優しさを受け入れられないから悪の神と呼ばれるだけで。

その呼称は、決してあの神さまの優しさを否定するものではない、と思う。

「人が見るも無残に、失意の、悲嘆の死を迎える。不死神スタグネイトは、それが我慢ならないんだ。だから、たとえば精霊神の祝福で季節と自然の様相が移り変わるように。あらゆる死を迎えた生物は、己の悲劇を覆す権利が、不死神から与えられている。

不死者《アンデッド》となり、再び起き上がることで、ね」

「……あの」

「ああ、もちろん言いたいことは分かるよ。そんなもの多くの人間にとって、嬉《うれ》しくないどころか傍迷惑《はためいわく》な祝福だ」

肩をすくめる。

「生きてる方も、死んだ両親が腐り果てた体で自分を抱きしめに来たら、流石《さすが》にちょっとたまったものじゃない。死んだ方も死んだ方で、大抵、死の直前の後悔ばかりが頭に焼き付いて、ろくな理性が残らず暴走するばかり。

理性的な不死者《アンデッド》になれるのは……ごく一部、強い意志と魂を持ってる人たちだけだ」

ただ、それでも――

「それでも、不死神が呪いではなく、祝福を与えてるのは事実なんだよ。

彼は心底から、『君たちは失意のままで生を終えなくていい。その魂の輝きで、死を覆せ』って、そう思ってる」

「…………あの」

ルゥが凄く何か言いたげにしていた。

「ウィル殿。その……やけにお詳しいですけど、あの、まさか……」

あっ。

「《不死神の木霊《エコー・オブ・スタグネイト》》……あ、いや、まさかウィル殿でもそれはありませんよね。《遣い《ヘラルド》》か何かと、遭遇したことでも、あるとか？」

「…………」

「な、なんで目をそらすんですか!?」

「い、いや……その、なんていうか、その。ハハハ……」

「ハハハじゃないですよ!?」

「ハハハ……」

◆

そんな一幕をはさみつつ。

それからしばらく丘を歩きまわったけれど、やはり不審なものは見受けられなかった。

「うん、これは見間違いが濃厚っぽいね」

「か、空振りですかー……」

「あはは……まぁ、そういうこともあるよ」

せっかくの初陣と覚悟を決めてきたのに空振り。

ルゥは虚《むな》しさと切なさが入り交じった表情で、がっくりと肩を落とした。

「あ……で、でも、狩人《かりゅうど》さんは不浄の気配がしたと言っていましたよね!」

「気配って曖昧なものだし、この雰囲気だと『不死者《アンデッド》を見た!』と思えば、そんな気配がした気になっちゃうかもしれないよ?」

「それもそうですけれど……」

とはいえ、確かにそこだけは気になるところだ。

本当に見間違いだったなら、何事もありませんでした、で良いんだけれど……もし、

「何事もありませんでした」と報告した後で被害が出たら大変だ。

そんな風に考えつつ、丘の周りを一回りしていた時だ。

「ん？」

霧の中。丘の麓、灌木《かんぼく》と下生えの陰に、何かがちらりと見えた気がした。

「ルゥ、こっち」

下生えを踏み分けて、近づく。

それは朽ちかけた扉だった。

丘の麓、下生えや灌木に紛れるようにして、設置されている。

「塚の……内部への入り口？」

丘の大きさからして、多分そう大きなものではない。

「………」

盗掘者対策の魔法や罠《わな》が仕掛けられている可能性もある。

けれど、確かめないわけにはいかない。

心の中で埋葬者さんたちに詫《わ》びの言葉を述べる。

「ここも、調べよう」

「はい」

聞き耳を立てる。

十分に注意しながら扉に手をかける。

扉は鍵もなく、きわめて単純な構造をしていて、ずいぶん年月が経過した今もなんとか開いた。

「《光《ルーメン》》……と、よし」

愛槍《あいそう》である《おぼろ月《ペイルムーン》》に刻まれた《しるし》にマナを収束させ、魔法の照明を確保。

「あと……《燃える《フラムモー》》《火炎《イグニス》》」

更に《ことば》で炎を発すると、持ってきていた松明《たいまつ》に着火する。

「ルゥ、こっちを持っておいて」

「はい。……でも、どうして二種類の明かりを？」

「君が夜目がきいて、知恵ある不死者《アンデッド》なら、夜目のきかない人間を暗闇で不意打つ時に何を狙う？」

「…………」

「分かってもらえたようで何よりだよ」

魔法の明かりは水では消えないし、逆に魔法の明かりを消し飛ばせる《打ち消しのことば》では、現に存在する火は消えない。

二種類の明かりを持っていれば、即座に両方を喪失する可能性は低い。探索の基本の一つだ。

そうして明かりを用意し、更に幾つか装備を確認すると、僕たちは湿った土の羨道を、崩落の気配に注意しながら慎重に奥へと進んだ。

塚の最奥である玄室には、間もなくたどり着き――

その瞬間、異常なほどの密度の不浄の気配が全身を襲った。

「……っ!?」

「ひっ」

全身が硬直するとともに、総毛立つ。

違う。

これは違う。

尋常の、自然発生の不死者《アンデッド》なんかじゃ

【――ようこそ。我が寓居《ぐうきょ》へ】

闇の奥から、声が響いた。

背筋が凍った。

その濃密で、思わず膝をついてしまいたくなるほどの気配に――僕は、覚えがあった。

ルゥが、戦斧《バトルアクス》の柄を両手で握ったままガタガタと震えている。
【二年ぶりかね？　灯火《ともしび》の戦士よ】
紅《あか》い目が、玄室の奥の闇にある。
笑っている。――目を細めて、笑っている。

四章

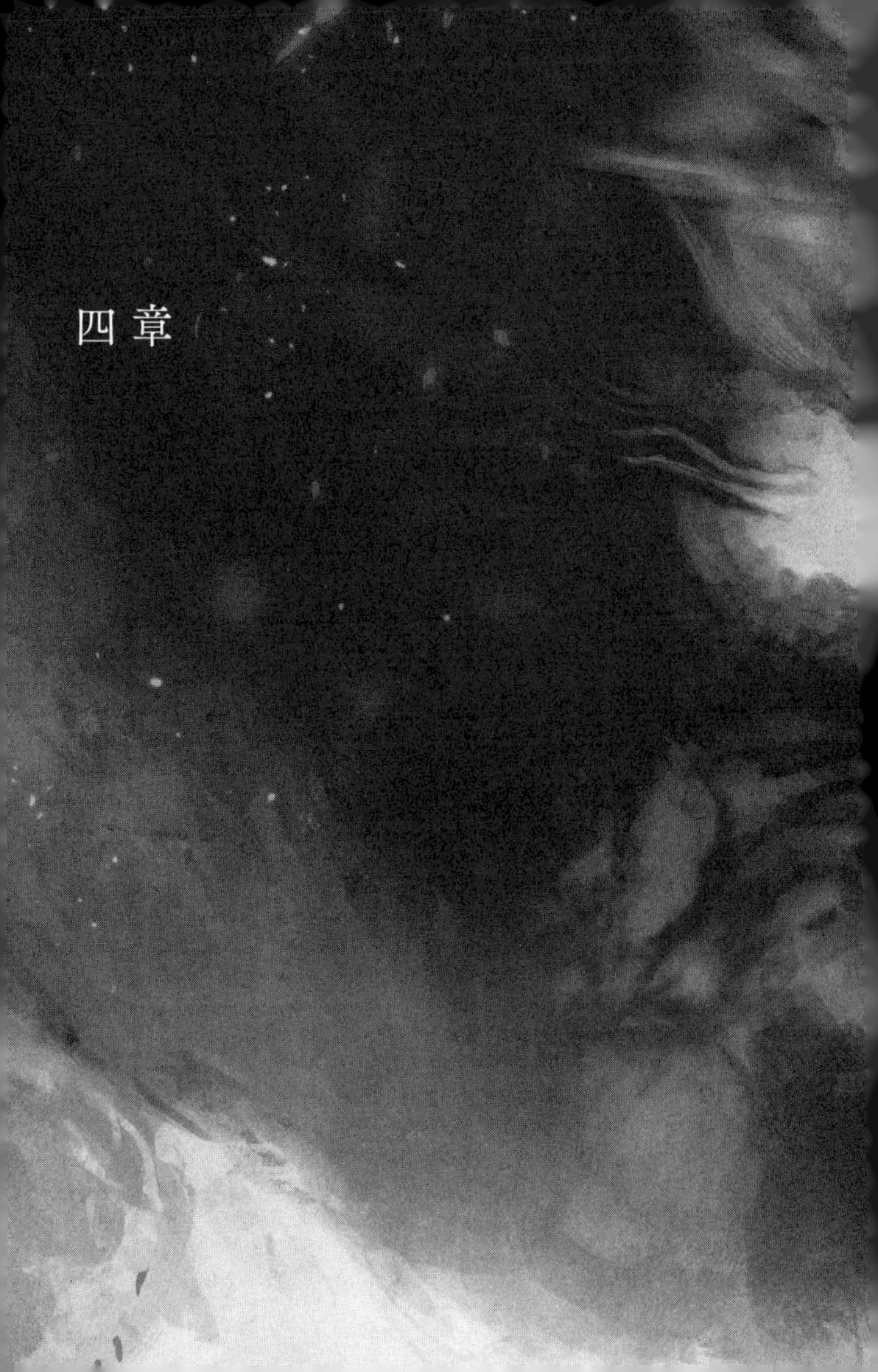

玄室には、幾つもの木製の棺《ひつぎ》が並んでいた。

天井はアーチ状に固められており、壁には鮮やかな赤色で、流水を思わせる文様が描かれている。

奥行きはあるけれど、あまり広いとは言えない空間だ。

「……守ってる余裕はない、全力で逃げて」

ルゥに声をかけつつ、一歩前に出る。

気息を整え、マナの巡りに意識を向け――

【おっと。待ちたまえ、灯火の戦士よ。そちらのドワーフの君もだ】

にんまりと、微笑《ほほえ》む気配。

【戦う気ならば君たちの勝ちだ。……なにせ今日は《木霊《エコー》》ではないからね】

言われて、気づいた。

気配が、あの時ほどには濃くもないし、圧倒的でもない。

そりゃあ並の魔獣や悪魔《デーモン》などとは、到底比べものにならないほど強烈だけれど、逆を言えばその程度だ。

あの理不尽なまでの絶対者の気配では、ない。

すっと、発光する《おぼろ月《ペイルムーン》》の穂先を差し向けると、玄室の奥、祖霊のトーテムであろう獣骨を祀《まつ》った祭壇に、一羽の大鴉《おおがらす》がとまっていた。

艶やかな黒の羽に、どこか不吉な紅の瞳。

強大な《木霊《エコー》》よりも格落ちの、神意を示す神々の伝令。

「……《遣い《ヘラルド》》」

【ご明察】

笑みの気配が、ますます濃くなる。

【ああ、それと安心したまえ、この玄室の死者たちには一切手出しをしていない】

既に魂は輪廻《りんね》に還《かえ》っているし、生半可な兵隊を揃《そろ》えても君には無駄だからね、と。

大鴉が目を細める。

【いやはや、君にこっぴどくやられたおかげでね、向こうしばらくは何をどう頑張ってもこの地方に《木霊《エコー》》は降臨させられない】

ルゥが驚きに息を呑《の》む気配。

――けれど、向こうしばらく、か。

神々の感覚でしばらくというのはさて、数年なのか、数十年なのか。

【そういうわけで、こうして《遣い《ヘラルド》》を差し向けて――】

「釣りと洒落込《しゃれこ》んでいた？」

【またまたご明察。いや、相変わらず鋭いな】

話すたびに、なぜだか目の前の相手の機嫌が良くなっていく気がする。

「悪趣味な」

【それを言うならそもそも釣りというのも、魚にとってはとんでもない悪趣味だろうよ。神というのはそういうものだ。人の尺度で測るものではない】

この《柱の塚》で狩人《かりゅうど》が感じた不浄の気配。

それがつまり、目の前の不死神の遣い鴉の仕業なのだろう。

この地域で不死者《アンデッド》の目撃例という餌のついた針を垂らせば、それなりの確率で僕がひっかかる。

一度でひっかからなければ、場所を変えてやりなおせばいい。

いかにも気長な、神らしいやりくちだ。

ただ――

「目的は以前の復讐《ふくしゅう》、というわけではないようですが」

【ああ。まずは謝罪を】

「……は？」

【前の《木霊《エコー》》が、散り際に醜態をお見せしてしまった。慙愧《ざんき》の念に堪えない。申し訳な

いことをした】

大鴉は、いかにも真面目な口ぶりでそう言った。

【《木霊《エコー》》というのは、我ら神の力と精神を、精霊や人のありように歪《ゆが》めて押し込めるものでね。生まれたての《木霊《エコー》》は、多かれ少なかれ感情的だったり、短絡的だったりと、幼児性を帯びている傾向がある。……とはいえ、言い訳にもなるまいが】

僕はぽかんと口を開けていた。

まさか、神――まぎれもなく、実在の『神さま』である！――から、謝罪の言葉が出るだなんて。

「あ、え、あ……」

ルゥが、口をぱくぱくさせている。

……気配だけで、「これは神の遣いだ」と確信してしまう存在が相手だ。

それが僕に対してこうフレンドリーに話しかけているのを見れば、混乱もするだろう。

【ああ、ドワーフ君。そちらの灯火の戦士殿とは以前、刃を交えたことがあってね。彼の師を相手に随分と消耗させられた後とはいえ、いやはや強敵であった。

純粋な人間に《木霊《エコー》》を消滅させられたのは、いつぶりであろうか。あれから更に腕を上げたようでもあるし、このまま磨けば彼、神話の英雄と肩を並べることも――】

「スタグネイト」

意識的に、威圧的に声をかけて、彼の語りを止める。

積極的に戦う気はないようだけれど……目の前にいるのは、危険な思想を持つ悪神の、その《遺い《ヘラルド》》だ。

何を企《たくら》んでいるか、知れたものではない。

「貴方《あなた》の語りに付き合う気はありません。用件は」

【つれないな。おしゃべり程度、付き合ってくれても良いだろう？　私と君との仲ではないか】

「僕と貴方の間にどういう関係があると？」

【あんなにも熱い夜を過ごして、刺したり刺されたりしたじゃあないか】

「神が冗談を嗜《たしな》むとは知りませんでした」

かちかちと嘴《くちばし》を鳴らして、大鴉が笑いを表現した。

【して今日は、私を昇天させた逞《たくま》しい戦士殿に話があってきたのだよ】

「その首へし折っていいですか？」

【やめたまえ恐ろしい】

軽く言葉を交わしながら、僕は内心で舌を巻く。

こうしてまっとうに会話をしてみると——不死神スタグネイトという神は、単純な力もそうだけれど、それ以上にそうでない面が恐ろしいのだと、つくづく理解できる。

この神は、話せる。

軽口や、冗談が交わせるのだ。

仮に悩みを話せば、真剣に聞いてくれるだろう。共感だってしてくれるかもしれない。

ともに解決策を模索したり、あるいは神の力で良い方に導いてくれたりもするだろう。

どこまでも真摯に。……そう、恐ろしいことに、真摯に。

だからこそ、不死神スタグネイトは極めて危険な神なのだ。

恐らく——最終的にこの神に魅入られた者は、自らの意志で不死化し、自らの意志で彼の旗の下に馳《は》せ参じ、自らの意志で忠を尽くすことになる。

先ほどから、僕の崇《あが》める神さまであるところのグレイスフィールは、僕の脳裏で警鐘を鳴らしっぱなしだ。

……親しんで《みいられて》はいけないと、彼女は必死に訴えていた。

「貴方の手管には乗りません。それで、用件は」

【うむ】

大鴉はばさり、と羽をひと打ちして整えると、居住まいを正して言った。

【我を打ち倒せし勇士、灯火《ともしび》の聖騎士《パラディン》よ】

神を名乗るにふさわしい、厳かな所作。厳かな言葉。

【——受けるが良い。これは我が啓示である】

同時。
僕の脳裏に、強烈なイメージが叩《たた》きつけられた。
「……っ」
気づけば、闇の中にいた。
深い地の底、距離感すら狂う、ひどく深い闇。
——その闇の奥、ただ一つ見えるのは、黄金の眼《め》。
細く裂けたような、縦に長い瞳孔。
巨大な「それ」の体が蠢《うごめ》き、鱗《うろこ》が耳障りな音を鳴らす。
僕は「それ」を、見上げていた。
動けない。
戦わなければと思うのに、体が動かないのだ。
なぜ。
どうして。
そう思って、そして気づいた。
動けないのも当然だ。
腕も、足も食いちぎられて、動けるわけがない。
——マリー、ブラッド、ガスの顔が浮かぶ。

——育ててくれたのに、ごめん、と思った。

その瞬間、「それ」の牙が鳴った。

無謀で愚かな挑戦者を嘲笑するように、何度も打ち鳴らされる。

そして、光が灯《とも》る。

それは竜の腹に貯《た》められた、瘴熱《しょうねつ》の吐息《ブレス》。

光すら放つ熱の塊は、腹から首へ伝い、そして。

その吐息《ブレス》が、畏怖すべき隻眼の竜の顔を照らした瞬間。

——僕の意識は、断絶した。

◆

「っ……！」

焼き付けられたイメージから、意識が現実へと回帰する。

「はぁっ、はぁっ」

僕は荒い息をついていた。

意識の断絶は一瞬。

けれど、それは強烈な体験だった。

あれは確かに「僕の死」だ。

ありうる可能性としての、死。


【ウィリアムよ。汝《なんじ》は灯火の加護もて竜に挑み――そして、力及ばず敗れ死す】


その予言じみた言葉には、真実の音色が籠《こ》もっていた。

……不死を司《つかさど》るスタグネイトであれば、その未来を読むことも、可能なのだろう。

【無駄死にを厭《いと》うならば、《神々の鎌》、邪竜ヴァラキアカとは戦うな】

紅の瞳に、射《い》竦《すく》められた。

「…………」

【信じられぬならば、グレイスフィールにも伺いを立てるがよかろう。我が力と貴方の加護をもって、現時点で竜へと挑み、勝てるかと。――同じ答えが返るはずだ】

漆黒の鴉が人語を語る光景は異様で、しかしそれだけにその言葉には重みがある。

「なぜそれを、僕に」

【君が英雄たるの資質を示したためだ】

あっさりと大鴉は答えた。

【私は人間を愛している。ことに英雄には目をかける、君の師らのようにな。

英雄がその魂の輝きでもって、不可能を乗り越え理不尽を打破する、その姿を心底から美しいと思う。それこそが人間の、いや、あまねく存在の可能性の体現であるとすら信じているよ】

「………」

【だからこそ、その姿を永遠のものとして留《とど》めたい。凡愚に引きずり下ろされ、陥れられ、苦渋と後悔の内に輝きを失う魂など見るに堪えぬ。ヴァラキアカのごとき俗物に殺されるのも同じだ。吐き気がする】

……俗物？

【ん。調査の手が及んでいなかったか。――奴《やつ》、邪竜ヴァラキアカは俗物だ】

吐き捨てるようにそう言うと、不死神スタグネイトは朗々と邪竜について語り始めた。

【《神々の鎌《ヴァラキアカ》》。その名は、善悪の神々が大戦を行っていた当時に由来する。

――まだ私は当時、善と呼ばれる陣営に所属していた。そしてヤツ、ヴァラキアカもそこにいた。口から溢《あふ》れる焦熱と瘴気の吐息《ブレス》、赤黒い鱗に圧倒的な巨体。六大神に仕える竜たちのうちでも、特に精強で凶猛な個体であったよ】

ヴァラキアカは強く、そして残虐な竜だった。

善なる陣営に仕えるのは、敵たる竜や巨人たちが強く、そして報酬の払いが良いからだと語って憚《はばか》らなかったという。

「……よく善なる神々も、雇う気になりましたね」

【雇わねば、それがそのまま敵に回るのだぞ。お人好《ひとよ》しの連中とて、利得の計算程度はできる】

確かに、それもそうか。

戦争中のことだ、多少行儀の悪い傭兵《ようへい》くらいは使うだろう。

【奴は、戦いと勝利と、そして財宝とに執着していた。勝って、奪い、そして悦に入る。……獣じみた、分かりやすい気質だろう？　それだけに、六大神も扱いには注意を払っていた】

要所に投入され、勝ち、そして無名の竜は《神々の鎌《ヴァラキアカ》》と呼ばれるようになった。

【途中、私は善の陣営を裏切った。その後の仔細《しさい》は省くが、最終的には決戦が行われ、善悪の陣営はほぼ相討ちの状況となった。深い傷を負った神と竜は、多くが彼方《かなた》の世界に去ることとなった。以降、神々はこの世界への直接的な干渉を制限されることになる】

それは、この世界に伝わる神話だ。

神々が実際的に干渉を行うのだから、神が意図的に誤りを流布しないかぎり、大筋は正確に伝わる。

【ヴァラキアカは首尾よく、要領よく、この最後の総力戦を逃れ――そして眠りについた】

次なる戦と、略奪のために。

【竜の眠りは長い。目を覚ますたび、奴は戦に加わった。なければ自ら火種を煽《あお》った。奴は陣営を選ばず、いずれの神の陣にも与《くみ》した。そのたびに神々の計画はかき乱された。

――私の知る限り、奴の最後の参陣は、奈落の悪魔《デーモン》どもの起こしたあの大乱だ】

大崩壊。《大連邦時代《ユニオンエイジ》》の終わり。

【奴は《上王》と出会い、《上王》に与した。まぁお得意の奸智《かんち》と、俗物ぶりのためだろう。《上王》は刀剣はともあれ、財宝に執着するタチではなかったからな。

そしてヴァラキアカは、《くろがねの国》を陥落させ、手酷《てひど》い戦傷を負い、それを癒やすため眠りについたのだ。これで戦局から外れ、再び奴はまんまと一抜けを……】

「お、お待ち下さいっ」

固まっていたルゥが、慌てた様子で声を上げた。

◆

「戦傷？　手酷い戦傷と申しましたか？　我が先祖は――」

【ああ、なんだ。君、山のドワーフの子孫かね】

「は、はいっ」

その答えに、大鴉《おおがらす》は笑った。

気持ちよく笑った。

【ハハハ！　これはこれは、巡り合わせというのはあるものだ！　ならば良し。《くろがねの国》に連なるものよ！　この不死神スタグネイトが真実を伝えよう！　くろがね山の大君、アウルヴァングルは、まことの英雄であったと！】

それは、子供が友達に、宝物を見せびらかすような。

そんな無邪気な声だった。

【聞くが良い！　そして誇るが良い！　かの累代の名剣、《夜明け呼ぶもの《コールドウン》》は、神代より生くる邪竜の片眼を奪ったぞ！】

誇らかに、自らの祖を称《たた》える神の声に。

ルゥは、ぶるぶると震える手で、ぎゅっと拳を握った。

「ま、まことですか……」

【うむ、まことだとも。この私が認めよう。痛快至極、見事な英雄ぶりであったとも！】

「……っ、ぅぁ……」

堪え切れず、ルゥの喉から嗚咽《おえつ》がこぼれた。

「よ、良かった……良かった……」

そんなルゥの様子を、不死神の遣いたる大鴉は、微笑《ほほえ》ましげに眺めている。

これだけを見ていると、とても悪神とは思えない。

――けれどこの神が、その情ゆえに多くの不死者《アンデッド》を生み出し、生死の理《ことわり》を歪《ゆが》めては災禍を生む神であるのも、事実なのだ。

【ウィリアムよ、灯火の戦士よ。いずれ君は、アウルヴァングルの偉業をも超え、ヴァラキアカの首を掻《か》き切れるやもしれぬ。……だが今はその時ではない。戦いを避けよ。雌伏し、鍛錬したまえ】

その言葉は、僕を本気で案ずるもので。

【君は肯定しづらいかもしれないが――たとえ、犠牲者が出ても】

「…………」

なんと答えるべきか、僕は逡巡《しゅんじゅん》する。

次の瞬間。

「……っ！」

ぞくり、と背筋が粟立《あわだ》った。

【そら、竜の眠りが浅くなっている】

玄室に地鳴りが響く。

――ォォォォオオオオオオオオ……

大地が、揺れた。

地の底から響くような、唸《うな》りが聞こえる。

――ォォォォォォオオオオオオオ……

魂を鷲掴《わしづか》みにされるような、恐ろしい響き。

かたかたと、手が震える。

……生き物の唸り声に恐怖を感じたのは、一体いつ以来だろう。

――ォォォォォォォォオオオオオオオオオ……

ひときわ長い唸りが響くと、揺れも唸りも、唐突に止《や》んだ。

【竜が威を示した。奴にとっては、目覚め際に寝返りを打った程度のものだろうが……早く領地に戻り給《たま》え、混乱が起こるぞ】

不死神の使い鴉が、不機嫌そうにそう語る。

——鉄錆の山脈に、黒き災いの火が起こる。

——火は燃え広がり、あるいは、この地の全てを焼きつくすであろう。

——竜が来るぞ。

——竜が来る！　竜が来る！　ヴァラキアカ！　災いの鎌が下る！


不吉な文言が、再び脳裏をよぎった。

◆

「うわあああああ——!!」

ルゥの戦斧《バトルアクス》が、狂奔する大蜥蜴《おおとかげ》の横っ面を薙《な》ぎ払った。

重量感のある戦斧《バトルアクス》を叩きつけられ、骨が砕けて肉が散る。

【ふむ、西北西《せいほくせい》から もう四頭来るぞ。どうする？】

スタグネイトの遣い鴉が、空から耳障りな声で叫んだ。

返事もせずに投石器《スリング》を振り回すと、西北西の茂みから飛び出してきた一頭の頭に直撃させる。

赤い花が咲いた。

それをほとんど見もせずに、次のつぶてを振り回し、続けざまに飛び出してきた二頭のうちの一頭の眉間にめり込ませる。

もう一頭は近づいてきたところで、ルゥが嚙《か》みつきを盾で受け止め、気合一閃《いっせん》、真っ向から叩《たた》き潰した。

予定外のとんだ初陣になってしまったけれど、ルゥの動きはなかなかいい。

「わっ、わ……！」

続く最後の一頭も、なんだかんだ叫びつつルゥは訓練の染み付いた動作で打ち払い、叩き潰す。

——それでも大蜥蜴は、最後まで暴れ続けた。

【理解したかね？　これが《竜の吠え声《ドラゴンロアー》》というものだ】

生きとし生けるものを恐慌させる、王者の威圧。

竜退治に図抜けた英雄が必要とされる所以《ゆえん》だと、かつてガスはそう語っていた。

確かに叫び声だけでこれだけの恐慌状態を喚起できるなら、雑兵など、いくら集めても混乱を加速させる要素にしかならないだろう。

——あの竜の吠《ほ》え声のあと。

ぱらぱらと土が落ちてくる玄室から脱出した僕たちの前に現れたのは、竜の咆哮《ハウリング》にあてられ、狂奔した魔獣たちだった。

不死神の遣い鴉は、未《いま》だに去りもせず、愉快げに僕の傍《そば》を飛んでいる。どころか、やってくる魔獣の数まで数えてくれる始末だ。

ありがたいけど背後にある打算が感じられて素直に喜べない、この感情をなんと表現すればいいのだろう……

【おや、北西。更に追加でまずいのが来るぞ】

規則的な地響きがする。

めきめきと、木々が折れる音がする。

四つ足の生物の動く音ではない――

【森林巨人《フォレスト・ジャイアント》だ。あれは君でも少々手こずるだろう】

生木を引き裂くおそるべき音とともに、毛皮をまとった、三メートルを超える巨人が姿をあらわした。

手には棍棒《こんぼう》。口から泡を吹き、明らかに恐慌をきたしている。

ルゥがそれを見て、「うわあ」とのけぞった。

【油断した状態でヴァラキアカの咆哮《ハウリング》を食らったな。正気ではないぞ】

どうするね、英雄殿？　と遣い鴉は空から僕を見下ろす。

紅《あか》い目が実に愉《たの》しそうで腹が立つ。

森林巨人《フォレスト・ジャイアント》は森深くに住まい、部族と個々の性格にもよるけれど、巨人としてはまだ小柄で、おおむね温厚な種族だ。

【殺すかね？】

「まさか」

【では止める？　あれを？――どうやって？】

「知らないんですか？」

頭の中でブラッドが叫ぶ。

「鍛え抜かれた筋肉による暴力があれば、たいていの問題は解決するんですよ！」

投石器《スリング》を投げ捨て、僕は巨人に向かって駆け出した。

◆

「オオオオオオオオオオオオオオオオッッ!!」

口の端からあぶくをこぼしながら、森林巨人《フォレスト・ジャイアント》が棍棒を横薙ぎに振るってくる。

樹《き》の幹をそのまま削り出したかのような分厚い棍棒だ。

僕はそれを――

「……ッ！」

足を止め、腕をコンパクトに畳み、両手と左肩で保持した円盾で真正面から受け止めた。

強烈な衝撃。

いくらか押し込まれ、深く踏みしめた足が地面を抉《えぐ》って軌跡を描く。

けれど、

「こ、の、程度……！」

押し返す。

「――!?」

狂奔する森林巨人《フォレスト・ジャイアント》は、しかし異様な手応えに驚愕《きょうがく》したようだ。

慌てたように棍棒を翻すと、意外にしなやかな腕さばきで乱打を繰り出してくる。

その全てを、円盾で受け止める。

普通の盾であれば既に衝撃でバラバラになっているだろうけれど、この盾にはこの二年で幾重もの《しるし》を刻み込んである。

そう簡単には壊れない。

強烈な打撃を全て受け止めながら、じりじりと巨人との間を詰める。

「ガ、アアアアアアアッッ！」

ついに巨人が両手持ちで棍棒を構え、唐竹割りに振り下ろしてきた。

身長が高く体重に優れる利点を活《い》かした、真っ向からの正面打ち。

狂奔しながらこれを繰り出す判断ができるのだから、凄《すご》いものだと思いつつ――

「よ、しっ」

しかし予想通りの一撃を、僕は盾を斜めに構えて左手側に受け流した。

これまでずっと真っ向から受け止められていた一撃が受け流されるという、予想外の手応えに巨人が体勢を崩す。

そのタイミングを狙って、踏み込みながら身を捻《ひね》り、巨人の太い腕を搦《から》めとった。

そのまま勢い良く腕を巻き込み、

「やぁッ!!」

捨て身気味に全身を回転させる。

重心が前傾した巨人は持ち堪《こた》えることができなかった。

面白いように重量物が浮き上がる手応えがあり――次の瞬間には、強烈な地響き。

「きょ、巨人を、投げた――？」

【……投げた、な】

ルゥの呆然《ぼうぜん》とした声に、不死神が応じた。

そんな彼らに対応する余裕もなく、とにかく投げ飛ばした巨人の体を押さえると、灯火《ともしび》の神さまに祈りを捧げる。

祈るのは、対象を混乱から目覚めさせる《気付けの奇跡《サニティ》》だ。

僕を通じて確かに、神さまの力が伝わる手応えがあり——

「う、うぐ、う……？」

狂奔していた森林巨人《フォレスト・ジャイアント》の瞳に、正気の光が戻った。

【……相変わらず、君は呆《あき》れたことをする】

「何が呆れたことですか」

《気付けの奇跡《サニティ》》は直接触れたうえで祈らないと効果が薄いので、恐慌する巨人さん相手にかけるとなるとやはり段取りがいる。

その段取りをこなすには力が必要で、そして僕にはそれがあったというだけの話だ。

鍛え抜かれた筋肉による暴力があれば、大抵の問題は解決する。

加えてそこに技や魔法があればなおのことといい。

ブラッドの教えは、基本的に正しいのだ。

◆

「ほんとーに、もうすわけねぇことを……」

「いえいえ。あ、帰り道は大丈夫ですか？」

「なんとかなると思うだよ」

「あ、『巨人語、すこし、分かる、ます』」

「おお、『なんと、それはありがたい！』」

それは、物凄《ものすご》くちゃんぽんな会話だった。

「ええと、ドラゴン、『竜、吠える、危ない、です』けど……」

「あー、おっとろしいけども、『部族のもとに帰らねばならぬ。その後は少し安全な場所に、居を移そうと思う』」

「あ、なら、ウィリアム。聖騎士《パラディン》のウィリアムの名前を出して下さい、『もし、人、かちあう、私の名前、ウィリアム』」

「ウィリアム。パラディン、ウィリアムだあな。『分かった、感謝しようウィリアム殿』」

投げ飛ばし、手を触れて《気付けの奇跡《サニティ》》を行ったことで、森林巨人《フォレスト・ジャイアント》は正気に返った。

返ったのだけれど、意思疎通をしようとして重大な問題が発生した。

お互いがお互いの言語にあまり堪能ではなかったのだ。

この世界の日常言語は大筋、原初たる《創造のことば》からの派生でどれも遠い親戚関係にあるとはいえ、巨人語はちょっとマイナー言語すぎて、教えてくれたガスでさえうろ覚えだった。

なので今、こんな調子で両方の言葉を使いつつ、つっかえつっかえ意思疎通を行っている。

「『おれはヨトゥン族のガング』、おで、ヨトゥンのガングだで、ウィリアム。『人の勇者ウィリアムよ』」

ガングさんの大きく、ごつごつした掌《てのひら》と、僕の掌を合わせる。巨人族の挨拶だ。大人と子供の掌比べのようになった。

「『恩は忘れぬ。森で何ぞあれば、おれを呼べ』」

「どう呼べば？」

「『ヨトゥンのガングよ、ウィリアムが来たぞと叫ぶのだ。木々が伝えてくれる』」

森林巨人《フォレスト・ジャイアント》と呼ばれるだけあり、精霊や妖精と親しいらしい。

その後ガングさんは、何度も頭を下げると、森の中へと去っていった。

「…………私、巨人を見たのは初めてです」

「僕もだよ。びっくりした」

「巨人語を話せるのに!?」

「魔法の師匠が博覧強記を地でいく人でねー……」

そんなことを話していると、上空から遣い鴉《がらす》が降りてきた。

しれっと僕の腕にとまろうとするのでかわすと、「ちっ」と器用に舌打ちして地面に降りる。

【見ただろう。あれが奈落の悪魔《デーモン》どもも恐れる、古竜の威だ】

不死神の《遺い《ヘラルド》》は、紅の瞳でそう語る。

それは《災いの鎌》の唸《うな》りが響く直前の、あの話の続きだった。

【今この時代、この地域に、君を凌《しの》ぐ英雄などいない。奴《やつ》が目覚め、再び乱を求めれば、もはや君が倒すほかないが、君とて足りぬ】

「だから犠牲を容認しろと？　その、敵ながら、貴方《あなた》らしくない台詞《せりふ》だと思いますが」

そう言うと、遣い鴉は苦虫を嚙《か》み潰したような表情になり、

【忌々しいことではあるが、千の命は、万の命にかえられぬ。君が生きればより多くの者を救える以上、それを勧めるほかはない。……かなうものならいっそ《木霊《エコー》》を降ろし、私みずから奴を討ち取りたいところだが。残念なことに、誰かのおかげですっかり力を削《そ》がれていてね。誰かのおかげで】

露骨に嫌味を言われた。

「ほ、他の神々が動く気配とかは」

【あれらにはあれらの、より遠大で包括的な計画がある。小さきものどもの悲喜に一喜一憂し、何かと手を出す私やグレイスフィールは、どちらかというと変わり種だ】

「…………」

【この提案は、私にとっても喜ばしいものではない。だが現状、もっともマシな提案であると考えている。――よくよく考えることだ、灯火の運び手、最果ての地の騎士よ】

そう告げると、遣い鴉はバサリと翼を広げ――

【さらばだ。いずれまた会おう】

と、霧の中に飛び立っていった。

「…………」

「…………」

僕は苦い顔で。

ルゥは困惑気味の表情で、それを見送った。

「不死なる神から、目をかけられていらっしゃる、のですね」

「目をつけられている、と言って欲しいな」

当人が謝っていたとはいえ、前に《木霊《エコー》》を滅ぼした時、殺害予告まで食らったんだけど。

「……神々は英雄を欲すると言います。神意を人々に知らしめ、己の意志を地上で代行する者を」

「そうだね」

「ウィル殿は灯火の神を象徴する英雄であり――だからこそ」

「不死神は僕に恩を売りたがっているんだろうね」

　敵対するのではなく、相手にとって有益な存在となる。

　そうすることで徐々に敵対感情を和らげ、過去の恩義を盾にとって少しずつ、少しずつ、切り崩していく。

　一瞬、不死なる騎士へと成り果てた自分を思い浮かべ、僕は首を左右に振ってその不吉な想像を打ち払った。

　──不死神スタグネイトは、本当に立ち回りの機微に通じている。

「……これから、どうなさるおつもりでしょうか」

　ルゥは、不安げに問い尋ねてきた。

「不死神は、ウィル殿でも……その、竜には、勝てない……と」

「そう、だね」

　その問いに。

「……どうすれば、いいんだろうね」

　僕は、うまく答えることができなかった。

◆

——竜の咆哮《ハウリング》による、森の生物たちの狂奔。

その被害は各所で報告されており、急いで戻った僕はそのまま対応に追われた。

各所に冒険者や神官を派遣し、《白帆の都《ホワイトセイルズ》》と忙しく手紙をやりとりし……

「…………」

そして、それらが一段落ついた今。

僕は、《灯火の河港《トーチ・ポート》》にいた。

今でも、断続的に竜の唸りは響き続けている。

それに伴って、流石《さすが》に初回ほどの狂奔はないにしろ、さまざまな生物が生息域を移すことで衝突が発生している。

当然、人的被害も少しずつ、出ている。

街道を行き交う人や車馬は減り、船の往来もこころなしか寂しい雰囲気だ。

誰もが《鉄錆山脈《ラストマウンテンズ》》に住まう邪竜——唸りをあげるそれが竜であるという噂《うわさ》は、驚くほど迅速に駆け巡った——を恐れている。

竜というのは、それほどの脅威だ。

それが目覚め、気まぐれに飛来しただけで、《灯火の河港《トーチ・ポート》》はおろか、《白帆の都《ホワイトセイルズ》》すら滅びかねない。

人はいずれ死ぬ。

だけれど己の死そのものが唸りを上げるのを耳にして、平静でいられる者はどれだけいるのだろう。

「………」

僕は今、鎧戸《よろいど》を閉め切った薄暗い執務室で、魔法の灯《あか》りの下、神殿からの手紙に目を通している。

バグリー神殿長から、手紙の返信がきたのだ。

邪竜についての情報は、不死神がもたらしたそれを裏付けるものだった。

《災いの鎌》ヴァラキアカ。

神話の時代から生きる、真なる古竜《エルダードラゴン》。

その爪は鉄を裂き、その鱗《うろこ》は英雄の剣を折る。

そして、その気性を映したかのような、邪毒と熱狂の吐息《ブレス》。

――邪毒と熱狂。

その性質は、忘れもしない。

二年前に遭遇した、異常な飛竜《ワイバーン》やキマイラが帯びていたものだ。

奈落の悪魔《デーモン》たちの邪悪な研究によって生まれたそれ。

悪魔《デーモン》たちは、眠りについた邪竜から溢《あふ》れる吐息《ブレス》を利用して――それを魔獣に混ぜた上で、飼い慣らす研究をしていたのだろう。

間違いなく、邪竜とともに高位の悪魔《デーモン》がいる、とバグリー神殿長は手紙で警告していた。

未熟な貴様に勝てるとは思えん。

逃げることは恥ではないと、彼は滾々《こんこん》と説いている。

「……逃げることは恥ではない、か」

それは僕が行くと考えているからこその言葉だ。

どうして神殿長は、そんな風に思ったのだろう。

彼はいったい僕を、どういう風に見ているのだろう。

——僕はまだ、こうして悩んでいるというのに。

これから竜は目覚めるだろう。

不死神や、《ヒイラギの王》があぁ言うということは、犠牲者も出るのだろう。

恐らくはまず、目覚めた竜が戯れに近隣の集落を襲い、人が死ぬ。

そして、ただそれだけに終わらない。

竜がいつ飛来するか分からない場所で、活発で円滑な流通が成立するわけがない。

物の流れは滞り、車馬や船舶の行き交いは絶え、再び魔獣たちが人の領域を我が物顔で闊歩《かっぽ》する。

流通に支えられた商工業は次々に破綻し、失業者が出るだろう。

食い詰めた者が犯罪に走り、治安は悪化し、行政は無力となりその権威は地に落ちる。

多分、竜の爪にかかる以上に沢山の人が、竜の戯れから起こった波に吞《の》まれて死ぬ。
一つの地域、一つの社会が、たった一頭の竜によって、破綻する。
それは、僕にとっては許容できない事態だ。
動かなければならないことだ。
それも、竜が動いてからでは遅い。
直接の犠牲者が出れば、もうその影響の波及は止められない。
竜の牙が人を引き裂く前に、解決しなければならない。
それなのに、僕はまだ、動くことを決断できなかった。
巷《ちまた》では聖騎士《パラディン》は臆病風に吹かれたと、そう言う人もいるらしい。
それも、まるきりデタラメとも言い切れない。

――【汝《なんじ》は灯火《ともしび》の加護もて竜に挑み――そして、力及ばず敗れ死す】

不死神の言葉に、嘘《うそ》偽りの気配はなかった。
啓示は真実のものだった。
僕では勝てない。
現状の僕の力では、勝てないのだ。

……そう自覚した時から、僕は踏み出せなくなっていた。
気づけば、祈るように手を組んでいた。

◆

どうすれば良いのか、分からなかった。
縋《すが》るように灯火の神さまに祈りを捧《ささ》げる。
けれど、何の手応えもない。
……神さまは何も答えてくれなかった。
当たり前だ。
神さまは便利な取引相手でも、気安い友人でもない。
だけれど、今、僕は神さまの声が聞きたかった。
勝てる道筋はある、と言って欲しかった。
あるいは、勝てなくても戦え、正義を示せと命じて欲しかった。
そう言ってもらえれば。言ってもらえさえすれば、きっと僕は、戦いに向かえるのに。
「う……」
呻《うめ》きが漏れる。

前世の記憶が、瞬くように脳裏をよぎる。
薄暗い部屋。
モニターの明かり。
踏み出せない自分。
時が無為に過ぎてゆく。
時が無為に過ぎてゆく。
胸を焼く焦燥。
時が無為に過ぎてゆく。
呻きをあげる。
涙をこぼす。
それでも時は、無為に過ぎてゆく。
踏み出せない。
踏み出せない。
何度も勇気を振り絞ろうとして、それでも踏み出せない。
踏み出せないまま、現状維持というぬるま湯に浸かり。
そしてゆるやかに破局が迫る――
「うう……」

あの時から、僕はどれだけ変わったというのだろう。
違う世界。
違う環境。
鍛えぬかれた身体。
不思議な魔法の力。
神さまの奇跡の力。
物語の英雄みたいな能力を与えられて。手に入れて。
ずっとそれらしく振る舞ってきて、それで――

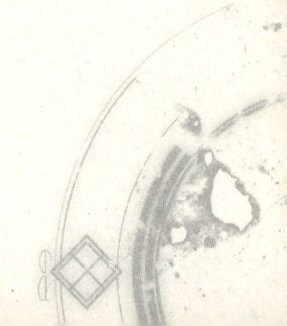

――それで、僕の何が変わったのだろう？

強くなって、できることが増えて、だからどうした？
挫折に対して、立ち向かえるようになったというのか。
絶望に対して、何かができるようになったのか。
……結局、ふがいない性根は、前世のままではないのか？
心の奥底。
真っ黒な泥の中から、濁った声が響く。

……絶対に勝てる相手と戦って勝つのは、痛快だったか？
英雄として褒めそやされ、謙遜してみせるのは、さぞ気持ちが良かったろう？
この世界でなら成功者になれると、お前はそう、ちらとも思わなかったか？
愛されて育って。
凄《すご》い力を手に入れて。
仲間たちの中心になって。
尊敬されて、認められて。
楽しかっただろう？

――でも、勝てない勝負となれば、こんなものさ。

心の奥。黒い泥の中から、ごぼごぼと声が響く。
泥の奥には、前世の僕がいた。
僕が、笑う。
分かっているのだろう？　とばかりに。

――僕は君で、君は僕なんだから。

ぎゅっと胸を押さえる。

分かっている。

自分でも、分かっている。

これが単なる弱気だっていうのは、よく分かっている。

いつかマリーに叱り飛ばされた時のような、自分の卑屈な面だ。

でも今はもう、叱ってくれるおかあさんは、いない。

いないのだ。

自分で立たなければ、ならない。

——けれど。

自分の足で立ち上がるには、どうすればいいのだろう。

前世は、ずっと倒れたままだった。

今生でも、多分、マリーがいなければ倒れたままだった。

一体どうすれば立ち上がれるのか、僕は知らない。

思考が堂々巡りをする。

いま、自分がいけない状態に陥っていると分かりながら、どうしていいのか分からない。

……いつまで考え込んでいたのだろう。

ノックの音が響き、僕は顔を上げた。

「入るぞ」

無遠慮に扉を開けて、メネルが入ってきた。

彼は薄暗い室内に顔をしかめると、小さく光の妖精に声をかけて、室内を照らした。

「また悩んでんな」

「……うん」

そう言うと、メネルは嘆息した。

「それで気づいてなかったのか。……外見ろ。ちょいと面倒なことになってんぞ」

「……？」

言われてみると、少し外が騒がしい。

鎧戸《よろいど》を少し開けて、窓の外を覗《のぞ》いてみる。

――屋敷の前に、たくさんのドワーフが詰めかけてきていた。

◆

「聖騎士《パラディン》殿の意を問いたい！」

「竜を討たれるつもりはあるのか！」

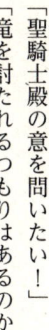

グレンディルさんがいた。

ゲルレイズさんがいた。

他にも見知った人たちがいた。みな、老いたドワーフだった。

彼らは粗末な武器を担ぎ、口々に叫んでいた。

「それを問い、どうするつもりなのだ！」

それと向き合っているのは、ルゥだった。

彼はたった一人で、沢山のドワーフさんたちと向き合っていた。

——彼はもう、あの日のように震えてはいなかった。

「討たれるつもりがあるなら、我ら道行きを共に!!」

「聖騎士殿《パラディン》が恐れの妖精に憑《つ》かれたというなら、我らのみでも山に向かう所存！」

「竜を討ち損ねしは我らドワーフが咎《とが》！」

「ドワーフが血を流さねばならぬ！」

「不名誉を、血でもって雪《すす》がねばならぬ！」

轟々《ごうごう》と叫びが上がる。

「やめよ！　死ぬつもりか！」

ルゥが制止の声をあげる。

「竜は難敵！　聖騎士殿《パラディン》は方策をお考えになっておられるのだ、煩わすのはやめよ！」

手を広げ、叫ぶルゥに対して――

「何を命ぜられたかは存じませぬが、時間稼ぎはおやめ下され！」

「何も命ぜられてはおらぬ！　自棄《やけ》になるなと申しておるのだ！」

「自棄と申すか！」

「みなが束になり挑んだところで、竜に傷一つつけられぬ！」

「何を――！」

意を問うのみ！　通して頂く！　と、一人のドワーフがルゥに向けて詰めより――

「やめよと言うているッ！」

次の瞬間、摑《つか》みかかったドワーフを、ルゥが投げた。

摑みかかる腕を捌《さば》き、流れるように担ぎ、背中から大地に叩《たた》きつける。

詰めかけていたドワーフたちが、その手並みに、ざわめいた。

「みなは――みなは、もう私にさえ勝てぬほど、老いておるのだ！　やめよ！　私はみなが無為に死ぬのを、望まぬ！」

背筋を伸ばし。凜《りん》と叫ぶルゥの声に、誰もが沈黙し――

そして、歩み出たグレンディルさんが、ゆっくりと口を開いた。

「若……」

「グレンディル」

二者が、視線を交わす。

「若。お見事に御座います。……よう成長なされた。なれど。なれど、だからこそ。儂《わし》は、儂らは」

グレンディルさんの顔は、くしゃくしゃに歪《ゆが》んでいた。

「儂らは、もう、死にとう御座います……」

絞り出される声。

「儂らは、我らが王と共に、死にたかったのです。あの日、あの山の戦いで」

「…………」

「あの日、死を許されず。二百年を生き申した……誇りを捨て……みじめに流浪する二百年は、長う御座いました……」

ルゥは無言で、その声と向き合っていた。

「もう良かろう……もう良かろう……もう十分だ、自分は十分にやった、もう良かろう……そう思い続け、思い続け――そしてついにあの、憎き竜が生きておることが分かったのです！

あの日の続きを望んで、戦いと死を望んで、何が悪いと仰《おっしゃ》るかッ!!」

グレンディルさんが叫びながらルゥに摑みかかる。

ルゥはそれを受けると、がしりと組み合った。

「通して下され——聖騎士《パラディン》殿の意を伺う！」

「通さぬ！」

グレンディルさんの、老いてなお筋肉質な体が宙を舞い、庭に叩きつけられる。

それを合図にしたかのように、老いたドワーフたちがルゥに向かって押し寄せた。

その全てを、ルゥは次々に打ちのめし、投げ飛ばし、叩き伏せてゆく。

数分、叫びと呻《うめ》きが交錯する乱闘が続き——最後に立っていたのは、ルゥだった。

「何が悪いかと言ったな、グレンディル」

ルゥはまっすぐに立ち、庭に倒れ、伏せ、呻く彼らに、語りかける。

「みなは、もはや死ぬことばかりで、勝つことを考えておらぬ。

それでは、いかん。それでは、いかんだろう。

……誇り高き山の戦士が命を捨ててかかるときは、勝つためにこそ」

その目はまっすぐで。

その声は、優しかった。

「そう教えてくれたのは、みなではないか」

——常日頃から、あいつらは考えている。

——自分の命をなげうつに足る、戦う理由とは何かってことを、だ。

ブラッドの言葉が、脳裏に蘇《よみがえ》る。

「大丈夫だ。心配するな。みなよ、約束しよう」

——そして、それを得た時。

「聖騎士《パラディン》殿は、必ず決断なされる。その時こそ私が共に向かい、ドワーフの名誉を再び勝ち取ろう！」

——奴《やつ》らは魂を燃やし、勇気の炎とともに戦いに臨む。けして死ぬことを恐れない。

「《くろがねの国》の最後の君主、アウルヴァングルの名にかけて！　その孫たる、このヴィンダールヴが、父祖の山々を取り戻す！」

その叫びは、ドワーフたちだけでなく、僕にも響いた。

……どくん、と心臓が鳴った。

胸のうちから、じわりと、熱が溢《あふ》れてくる。

そうだ。彼は、ルゥは、そういうひとだった。

酒場で会った時も、従士になると叫びを上げた時も。

ずっと、勇気のあるひとだった。

——そして僕は、彼の捧《ささ》げる『まこと』を、我が手で守ると誓ったのだ。

「……アイツ、格好いいよな」

「うん」

「負けちゃいられねぇな」

「うん」

メネルの呟《つぶや》く言葉に、頷《うなず》く。

「なぁ、覚えてるか？」

「何を？」

「お前の誓いだよ」

そう言われて、僕は小さく苦笑した。

「ごめん、ちょっと忘れてた」

「はっ、だと思ったよ」


——我が生涯を、あなたに捧げる。

——あなたの剣として邪悪を打ち払い、あなたの手として嘆くものを救う。

「お前はいつだって、どっちが得か損かとか、勝てるとか勝てないとか、いちおう計算はするけど、結局最後は考えの外だったろ」
損得を考えるなら。
そもそも《獣の森《ビースト・ウッズ》》のことなんて放って、どこへでも行けばよかったのだ。
「お前は、そうするべきだから、そうしてきたんだ」
今度もそうすりゃいいんだよ、とメネルは笑った。
僕も笑い返した。
どうやって立ち上がるか、勇気を奮い起こすかなんて、考える必要はなかった。
守りたい誰かのために、信じたい何かのために。
――必死に足を踏み出すうちに、勇気なんて、後から湧いてくるのだ。

◆

決めてしまえば、あとはもう早かった。
付いてきてくれるメネルと一緒に、玄関へと歩んでゆく。
僕もメネルも、笑っていたように思う。
扉を開き――

「竜を討ちます！」

そうしてルゥと、投げ倒されて土まみれのドワーフさんたちの前で、そう宣言した。

みな一様に、驚いたような顔をして動きを止めた。

姿勢と表情を正して、改めて宣言する。

「竜を討ちにゆくと、決めました。ルゥ。ヴィンダールヴ。父祖の山を取り戻すというその言、みごと。――伴《とも》をしてくれるかな？」

そう告げると、ルゥは目をまん丸にして――

それからハシバミ色の瞳をきらめかせて、笑った。

「そう言って頂けると、信じておりました。――喜んで！」

メネルが肩をすくめる。

「いいのかよ。安請け合いして？」

「メネルドール殿こそ、何があろうとついて行くおつもりでしょうに、何を白々しい！」

「お、言うようになったなぁ」

メネルが笑って頷いた。

「相手は竜だからな、数揃《そろ》えても無駄だ。村々の防衛にあたる人手を、あまり割くわけにもいかねぇ。面子《メンツ》は俺と、お前と、ウィルと――あと山の案内に誰か二百年前を分かってるヤツ」

「儂が……」

「いや、それがしがゆこう」

立候補しようとするグレンディルさんを制して、向こう傷のドワーフ、ゲルレイズさんが名乗りをあげた。

「おい、ゲルレイズ」

「死にたがりには任せられん。それに貴様には、同胞をまとめる務めがあろう」

「…………」

見ればゲルレイズさんの服は汚れていない。

あの狂騒に呑《の》まれず、ルゥにも挑まなかったようだ。

「案内つかまつる」

「よろしくお願いします」

冷静な人がいるのは、ありがたい。

とすると、僕に、メネルに、ルゥに、ゲルレイズさんに――

「あとは俺だな。旅の準備は済んでいるぞ」

ひょっこり建物の陰からレイストフさんが姿を現し、言った。

相変わらず、強敵を逃さぬ人だと僕は笑う。

「大歓迎です。——これで決まりですね」

「男ばかり五匹で、悪魔《デーモン》と邪竜に喧嘩《けんか》売りにいくわけだ」

むさくるしい旅になるなと、メネルが笑った。

「勝算はあるのか？」

「ないよ」

断言する。

別に僕も、迷っていた日々を完全に無為に過ごしていたわけではない。

手持ちの魔法の道具を再点検し、魔法書のページを繰り、あるいはブラッドとの鍛錬を思い返しつつ体を動かし、色々と手は考えた。

考えた上で、こう結論せざるをえなかった。

「竜を確実に殺す手段なんて、ない」

奇策や、変わった道具の類《たぐい》でどうこうできるほど、甘くはない。

——だからこその竜だ。

けれど、同時に、この世界は現実だ。

レベルやヒットポイント設定のあるコンピューターゲームではないのだ。運悪くあっさり格下に殺される可能性だってあるし、逆に幸運にも格上を殺せる可能性だってある。

なんだかんだ言って肉の身を持って生きている以上、首を斬られたり、頭を潰されたり、心臓を貫かれたりすれば、竜といっても死ぬ時は死ぬのだ。

不死神がなんと言おうと、いくら可能性が低くても、勝つ可能性が本当に一切ない、なんてことはないはずだ。

もちろん、

「分の悪い勝負です。——ついてきてくれますか？」

僕は、皆の顔を見回した。

「はいっ！」

まず真っ先に、ルゥが頷いた。

その目は澄んでいて、まっすぐだ。

「名誉と栄光はそこにある」

「戦士の本懐ですな」

レイストフさんとゲルレイズさんが、落ち着いた調子で言った。

歴戦の風格だ。

「お前の無茶苦茶に付き合わされるのは慣れてるよ」

メネルが肩をすくめ、それで話が決まった。

改めて宣言をする。

「――行こう。竜を討ちに。山を取り戻しに！」

騒ぎに集まってきた人たちが、そしてドワーフさんたちが、歓呼の声を上げた。

◆

いざ、やると決めて動き出すと、思わぬ幸運がついてくることがある。

この時もそうだった。

出立を控え、王弟殿下や神殿長にもろもろの事情説明や、後事を託す手紙をしたためて。

その後、庭で装備を点検していると、赤い塊が、もの凄い勢いで僕に突進してきた。

抱きしめて受け止めると、そのまま手を繋《つな》いでぐるぐる回す。

「わはーっ!!」

きゃっきゃ、と朗らかな笑い声。

懐かしい声だ。

「へへん。あたしが来たぜーっ！」

「久しぶり、ビィ！」

木の葉のように尖《とが》った耳に、赤い巻き毛。

陽気な小人の放浪詩人。――ロビィナ・グッドフェロー！

「ここ数ヶ月、見なかったね、今度はどこまで行ってたの？」

「ふふー、北の《草原の大陸《グラスランド》》に行って、ファータイル王国から海沿いに西の諸王国連合をまわってから帰ってきたわ！」

「凄《すご》い！」

ほとんど本や風聞でしか知らない領域だ。

安定しないこの地の事情に振り回されっぱなしで、まだ北の大陸に行くことすらできていない自分とは、行動半径が違う。

「北は涼しかった？」

「うん――ってそれよりも！」

「それよりも？」

「竜が吠《ほ》えたんでしょ!?　討ちにいくんでしょ!?」

「うん。討ちにいくよ」

「じゃ、前の約束通り、それあたしが歌にしていいのよね!?」

「もちろん大歓迎だよ」

「ひゃっほう！」

テンションが上がったビィが、僕の手をとったまま小躍りする。

庭でくるくる回ることになった。

「新たな竜殺しの叙事詩《サーガ》を作れるなんて、吟遊詩人《トルバドール》の夢よ」

ビィが笑った。

「前日譚《たん》から広めてあげる。……必要でしょ？」

大人びた笑みだった。

「うん、とても必要だよ。ありがとう」

僕が竜を討ちに向かったと広まるだけで、人心が安定する。

そのためには、この時代のメディアである、歌の力は不可欠だ。

「いいってことよ。……でも、悲しい結末は嫌よ？」

上目遣いでそう言われて、頷《うなず》く。

「そうならないよう努力はするよ」

「ええ、頑張って。だって……このごろ悲劇オチは受けないんだから！」

「聴衆受けの問題だった!?」

馬鹿なことを言い合い、二人でけらけらと笑っていると、遅れてトニオさんがやってきた。

「ビィ、急ぎすぎです。置いて行かないで下さい」

「あは、ごめんごめん！」

「ウィルさん。——糧秣《りょうまつ》、旅装、山岳装備その他、必要と思われる物資を一通り確保しておきました」

流石《さすが》だ。手回しが早い。

というか、早すぎる。

行くと決めたのがさっきなわけで——

「……僕が行くって、決め打ちしました？」

「ええ。それでも出発に間に合わないのではないかと、ヒヤヒヤしておりました。いつ電光石火の進発を見せるのかと……」

ウィルさんはいざ戦いとなれば迅速ですからね、とトニオさんは笑った。

「迷っていたのか、機をうかがっていたのかは分かりませんが、助かりましたよ」

「歌じゃ機をうかがってたってことにしとくわ！　そっちのが格好いいし！」

「そうやって盛るからウィリアム卿《きょう》がどんどん神算鬼謀を備えたゴツい大男になるんだよ！」

こないだたまたま《白帆の都《ホワイトセイルズ》》の通りでビィじゃない詩人さんの歌を聞いた時なんか、『天を衝《つ》くような大男』とか『深き知恵もつ賢者の瞳』とまで言われていた。

潤色はそりゃある程度はしょうがないけれど、僕もうろつく地域で盛りすぎだと思う。

「……僕だって迷うよ。普通に。死にたくないし、痛いのも嫌だし」

「でも行くんでしょう？」

「うん。神さまに立てた、大事な誓いだから」

そう言うと、ビィはやわらかに笑った。

「ふふ、その台詞《せりふ》、歌に使わせてもらうわね？――神に仕えし敬虔《けいけん》の戦士、灯火《ともしび》の勇者よ、汝《なんじ》に幸運の追い風のあらんことを！」

そう言って、彼女は三弦楽器《レベック》をかき鳴らす。

トニオさんは、いつものように穏やかに微笑《ほほえ》んだ。

「ウィルさん、無理や無茶をするなとは申しません、今がしどころなのでしょうから。

……他、必要な物資があれば、お申し付け下さい」

そのありがたい申し出に感謝しつつ、僕は少し考えて――

「一つ、大きな物をお願いしたいんですが」

事前に考えていた策の一つを、実行することに決めた。

◆

そして、出立を翌日に控えた晩。

眠りについた僕は、気づくと燐光《りんこう》の舞う星空の下にいた。

足元は星空を映す暗い水面のようになっているが、その水面に、ぼんやりとした灯火が大きく映っている。

僕の後ろだ。

振り向くと、長い柄のついたカンテラのような灯火を手にした人影があった。

フード付きのローブを目深にかぶった誰かだ。

誰かは、もう、知っている。

「……お久しぶりです。灯火の神さま」

いつかのように、軽く頭を下げた。

【…………】

神さまは、それに対して何も言わなかった。

しばらく無言で佇《たたず》み、そして——

【……勝利の可能性は極めて低い】

そう切り出した。

【不死神スタグネイトの語る通り。現在の汝では、竜には及ばぬ。……しかし数年を練磨に費やせば、あるいは及ぶ領域にも至れよう】

「その場合、サウスマーク大陸は？」

【……人類圏はほぼ消滅する。その余波は、北の大陸にも及ぶであろう】

「やはり、そうなりますか」

【……行くのだな】

頷くと、それから改めて、神さまに向かって深々と頭を下げた。

「ありがとうございます。逃げても良いんだと、言って下さって」

そう言うと、驚いたことに、フードの下から微《かす》かに動揺の気配がした。

神さまが、言葉を選ぶように沈黙する。

……命じられたら、きっと僕は内心はどうあれ、竜に向かっていっただろう。

それだけの恩義が、この神さまにはある。

迷っていた間中、神さまが僕の祈りに応えず、何の啓示も示さなかったのは――つまり、きっと、そういうことなのだろう。

【われは……われは汝の死を望まぬ】

発された優しい言葉に、口の端が緩んだ。

「光栄です。ありがとうございます」

【それでも行くというのだな。……わたしへの誓いを、守るために】

「はい」

【ならば、それを我が意に背くとは、言うまい】
フードの下で、微かに笑みの気配。
【あの日の誓いは、わたしと、あなたのものだから】
――ともに歩んで下さい。
確かにあの日、僕は言った。
我が生涯を、あなたに捧《ささ》げると。
あなたの剣として邪悪を打ち払い、あなたの手として嘆くものを救うと。
そう、確かに、誓ったのだ。
【跪《ひざまず》きなさい】
その言葉に、膝をついて頭を下げる。
はらりとフードを下ろす音。
歩み寄ってくる気配。
【汝、ウィリアムに命ずる】
そっと頭に、白くちいさな手を添えられた。
【恐れるな。わたしはあなたとともにいる。
たじろぐな。わたしがあなたの神だから。
わたしはあなたを強め、あなたを助け、わが灯火で、あなたを守る】

神さまの《ことば》が。

そこに込められた想《おも》いが。

ゆっくりと、全身に染み渡ってゆく。

【ゆけ。竜を討ち、誓いを果たせ。わたしの騎士よ】

膝をついたまま、穏やかに微笑む少女神の尊顔を見上げる。

そして左胸に手を当て、僕は誓った。

「——灯火にかけて」

◆

目覚めると、温かな活力が全身を満たして、ゆっくりと体のうちを巡っている感覚がした。

神さまの言葉と想いは、僕の中に火を灯《とも》していた。

それから、準備を整えて——僕たちは人々に盛大に見送られ、川船に乗り込むと街を出て、川を下っていった。

竜を討つために。誓いを果たすために。

――そして、その晩には船を下りた。

あっさりと、近所の川っぺりの岩場の陰で。

「そいじゃ、あとはお任せ下せぇ」

幾人かを代表して、どんと胸を叩《たた》いて言ったのは、ぴかぴか光る鋼の胸甲に、腰の剣は鮮やかな赤鞘《さや》。

太い腕に赤ら顔の、三十絡みの冒険者。

二年前、あの酒場でレイストフさんに《はったり屋《ブラッファー》》と呼ばれていた人だ。

名前はまた後に知ったのだけれど、マークスさんという。

「ええ、事前の取り決め通りにお願いします」

「へい」

頷くと、マークスさんはニヤリと笑った。

「毎度、儲《もう》け話をありがとうございやす」

「いえいえ」

「今後もご贔屓《ひいき》にして頂けることを願ってやす」

そうして彼は、「気張れよ」とレイストフさんの肩を叩くと、仲間とともに川を下って去っていった。

僕もレイストフさんも、それを静かに見送った。

さて、と振り向くとルゥがぽかんとした表情をしていた。ゲルレイズさんも、若干訝《いぶか》しげだ。

メネルはそこまで表情に出てはいないけれど、物問いたげな顔をしている。

「あの……なぜこんなところで下船するのです？　もう少し距離を稼ぐならともかく――」

ルゥの問いに、うん、と僕は頷《うなず》いた。

確かにこのまま川を下り、森を横切って西の山脈を目指すなら、それは正しい。でも――

「そう来ることは、悪魔たちも分かってる」

ルゥははっとした顔をし、ゲルレイズさんはなるほどと頷いた。

そうだ。山脈には寝ぼけ眼の邪竜とともに、知恵持つ奈落の悪魔《デーモン》たちがうごめいているのだ。

――迂闊《うかつ》に相手が予見している行動をすれば、主導権を握られる。

「盛大に川下りを始めたからね。たぶんそろそろ下っ端悪魔《デーモン》や、その使い魔が遠方から監視しはじめる。上陸地点を突き止めようとね。指揮官クラスの悪魔《デーモン》は僕らの辿《たど》ってくる道を予見して、さっさと囲み殺したいところだろうし」

悪魔《デーモン》と邪竜が現在どういう関係であるかは不明だ。

協調か。無関心か。敵対か。それすら分からない。

であるに基地に突撃されるのを、邪竜任せに悪魔《デーモン》たちは座視する、というような極めて希望的な絵図面は排除する。

少なくともそれぞれ別個に、あるいは最悪、連携をとって迎撃してくると考えるのが妥当だろう。

……迷っていた間、手持ちの装備や各種の情報を確かめていたのと同様。

当然、山を攻略する戦略だって、僕は考えていた。

「だからこそ――」

川辺の岩陰にゆく。ついてきたルゥが、目を見開いた。

そこにあったのは、トニオさんに密《ひそ》かに手配してもらった、すらりとしたシルエットの川船だった。

理想は奇襲だ。けれど鉄錆《てつさび》山脈は未踏の地、妖精の小道を使うわけにもいかない。

だから、選んだ方法は、これだ。

「川を上る」

《鉄錆山脈《ラストマウンテンズ》》は、かつて《くろがねの山脈》と呼ばれ、ドワーフの国が栄えていた。

この時代の技術レベルで、大規模な水源の傍《そば》以外に大都市は成立しえない。

であれば当然、近辺に膨大な水の流れがある。

近隣の地理情報から分析し、ドワーフさんたちにも確認を取ったけれど、それはこの大河の分流だ。

もっと上流の方で分流して、西の方に流れている支流があるのだ。

だから遡上し、上流の分岐点から川を下って——

山脈の逆側から、侵入する。

「悪魔《デーモン》たちが表口で構えているところで、裏口を蹴り破って暴れ込もう」

だからこそ、マークスさんたちに影武者を頼んだ。

彼らはそのまま何度も分散下船したり、再び船出したりの思わせぶりな動きを繰り返し、《白帆の都《ホワイトセイルズ》》まで下っていって、悪魔《デーモン》の目を攪乱《かくらん》してくれる。

……まさに《はったり屋《ブラッファー》》の面目躍如だ。

ちなみに変装はビィの監修だ。彼女は「騎士っぽく実戦慣れしてる感じ！　あ、イケメンは良いけどチャライのはダメよ！　あとナヨナヨしたのもダメダメ！」などと凄《すご》く張り切っていた。おかげで彼らは、いかにも歌のイメージ通りの「聖騎士《パラディン》ご一行さま」といった感じの集団になった。

報酬は十分以上に払い、しかも成功の暁には僕の竜退治譚《たん》のおまけで、《影の騎士たち》の活躍も歌うとビィが宣言したため、参加した冒険者さんたちの士気も高い。下級の悪魔《デーモン》が襲ってくるくらいなら対処できるメンバーだし、うまくやってくれるだろう。

　あとは彼らの陽動に目が向いている内に、僕たちがうまく別ルートから山脈の裏を突けるか——と思っていたら、ルゥが何か物言いたげにしていた。

　そんなルゥの肩を、メネルがぽんぽん、と叩いた。

「気にすんな。こいつたまに当然のような顔して、こういう手ぇ打つんだよ」

「……ち、知勇兼備と伺っていましたが、軍才までおありなのですね」

「そんなに大したことじゃあないと思うけどなぁ……」

　いえ、とルゥは首を左右に振った。

「《灯火の河港《トーチ・ポート》》の更に南といえば、かの《上王》の討ち取られた湖岸都市も存在する危険区域！　渦巻く魔法の霧に歴戦の冒険者すら手を出しかねると聞きました！　そこをあえて突破されるというのであれば、素晴らしい発想と勇気です！」

　そう言われて。

　僕は、なんというか、反応に困って頬をかくと、こう言った。

「…………いや、実は、そこ実家で」

　全員が、ぎょっと目を剝《む》いた。

終章

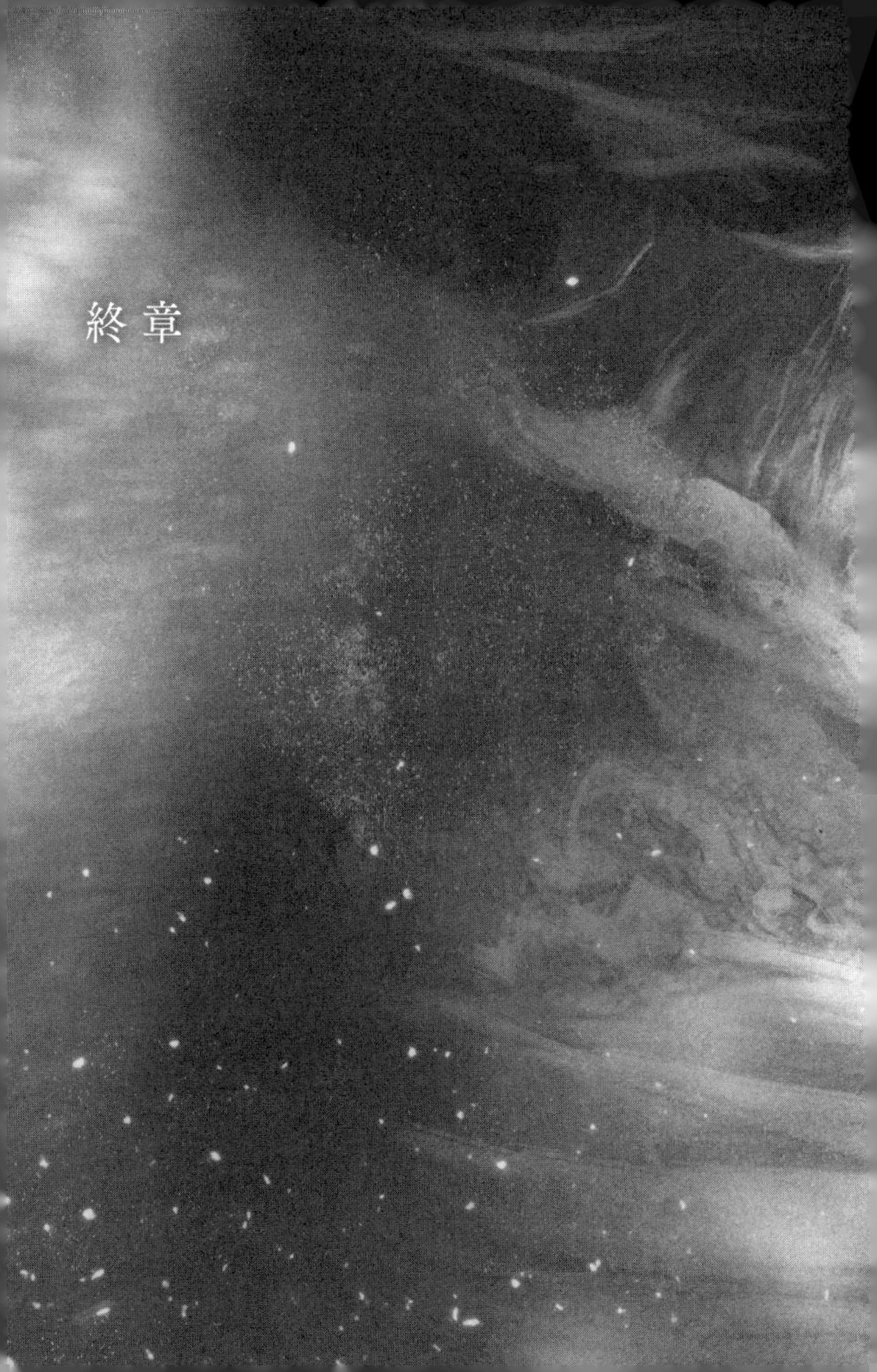

朝日の中、不可視の船が無音で……しかし、素晴らしい速度で進む。

僕が船に《姿隠しのことば《インヴィジビリティ》》をかけ、メネルが風の妖精に呼びかけ、《追い風《テイルウインド》》や《無音《ミュート》》の呪文を唱えた結果だ。

一応、《上王》復活を目論《もくろ》む悪魔《デーモン》たちが、別口で川上への人の出入りを監視している可能性もある。変なところで察知されて、裏をかいたつもりが台なしというのも馬鹿らしいので、そのあたりは万全を期すことにした。

他にも諸々《もろもろ》の術を使って、遡上する船の存在は隠されている。

ここまでやれば《隠形看破のことば《シー・インヴィジビリティ》》をはじめとした、多数の対抗要素を保持していないかぎりは察知できない。

そして悪魔《デーモン》側視点で考えて、川の上り方向の監視というのは、そこまでのリソースを費やすほどの場所ではないのだろう。

実際に遡上していても、変な気配や視線は感じない。

多分、悪魔《デーモン》たちには見つかっていない、と考えて良いだろう。

……実は見つかっていて、先に進んだどこかで悪魔《デーモン》たちの包囲網が待っていたら、それはもう、仕方ないと笑って切り破るほかない。

こうした読み合いというのは、深い霧の中で動き回るのに似ている。

将棋やチェスのようなゲームと違って、相手の動き全てを察知することはできないのだ。

できるだけの可能性を考え、より広い可能性が残る道を選び、霧の中で己の決断を信じて進むしかない。

「難しいなぁ……」

と、霧の中で僕は呟《つぶや》いた。

今、船は霧の中にあった。

──あれから船を出すと、僕は一同に簡略に自分の出生などについて説明した。

驚かれはしたけれど、話そのものが疑われることはなかった。

それだけの信頼はあるメンバーだし、僕が英雄扱いされていることもあって、特異な出生が受け入れられやすい土壌もある。

特にメネルは割と平然と聞いていた。逆に、一番リアクションが大きかったのはルゥだろう。

レイストフさんとゲルレイズさんは、最初こそぎょっと目を剝いていたものの、順序立てて話すと落ち着いて聞いてくれた。

ただ、不死神について話すくだりでは、そこが逆転した。

ルゥは僕が不死神に目をつけられていることを知っているため、落ち着いて聞いて補足までしてくれた。

逆に他の三人は知らなかったためずいぶん驚き、また、「目をつけられている。今回の旅にも介入してくるかもしれない」と話すと顔をしかめた。

悪魔《デーモン》に竜。誰だってもうこれ以上の相手は御免だと思うだろう。僕だってそうだ。

「…………」

まぁ、不死神スタグネイトに関しては、積極的にこちらに攻撃まではしてこない、とは思う。

不本意ながら……非常に不本意ながら、気に入られているようだし。非常に不本意だけど！

考えるだけで、あの紅《あか》い目の鴉《からす》がどこからか飛んで来るような気がして、僕は首を左右に振る。

余計なことを追い出すと、眼前の霧に視線を向けた。

「これは……《迷いの霧《メイズフォッグ》》ですかな」

「ええ」

ゲルレイズさんの問いかけに頷《うなず》く。

「魔法使いたちの《賢者の学院《アカデミー》》を守る、《迷いの路地《メイズアレイ》》の上位に位置する魔法か。——

噂《うわさ》には聞いていたが、はじめて見たな」

「わぁ……」

未知との遭遇に、レイストフさんもいつもより少しだけ饒舌《じょうぜつ》だ。

ルゥなど、きらきらと目を輝かせている。

「最上位の魔法の一つじゃねぇか。故郷の大森林の、最深奥部にそういうのがあったのは知ってるし、最長老あたりなら使えたはずだけどよ。……千年生きてるエルフの長老でもない、寿命数十年かそこらの人間が？　これ習得して、活用してんの？」

マジで？　というメネルの問いに頷く。

マジだよ。ていうか、実戦で《存在抹消のことば》とかぶっぱなすよ。

「いま、抜け道《ループホール》を作るから待ってて」

意識を集中する。

霧の流れ、そのマナの中から、そこに宿る《ことば》を読み取り、その構文を解析し、文脈を解読する。

――人里に出てから知ったのだけれど、ガスの筆法は物凄《ものすご》く癖が強い。

教わる時にはそういうものだと思い込んでいたのだけれど、人里に出たあと幾人かの正統派の魔法使いさんに接した時、丁寧で可読性を意識したその筆法との違いに驚かされた。

こう、なんと表現すればいいのだろう。

プログラムでいう汚いコードというわけではない。むしろ恐ろしく効率的で簡略なのだけれど、ただそれが行きすぎている。

天才であるガスが便利に使うために極限まで圧縮してあるからこそ、可読性が悪いのだ。

ガスは自分以外に、自分の書いた《ことば》の意味を分からせる気がなかったのだろう。

多分、相当の魔法使いを連れてきても、ガスのこの霧を相手には頭を抱えるに違いない。

「んー……この《ことば》の配置がこっちで、ここにこっちだから……」

ただ、もちろん僕には意味のない障害だ。

「ガスのことならここにこれ仕込んで……こっちにこうだよね。で、そう思わせといてここに罠《わな》、と」

指を踊らせ、霧の中の適当な位置に《ことば》を流し込んでいく。

するすると霧がトンネル状に退《ひ》いてゆく。

「さ、行こうか」

実家のドアの鍵を開けるようなものだ。

特に苦労することもない。

◆

長い霧のトンネルを抜けると、視界が一気に開けた。

爽やかな風が吹き抜ける。

川を上った先には、広大な湖に沿って、石造りの都市が広がっていた。

古代か中世か、といった風だ。高い塔や、美しいアーチの連なる水道橋らしきものも見える。

……その全ては古び、廃墟《はいきょ》となっていた。

建物の屋根はところどころ崩れているし、壁の漆喰《しっくい》は無残に剝がれ落ちている。

街路の石畳の隙間からは草が伸び、緑の蔓《つる》や苔《こけ》があちらこちらで建物に絡みつき、張り付いている。

かつて人の営みがあったであろう街並みが、まどろむように緑とともに朽ちてゆく。

そのすべてが、太陽の光にやさしく照らされていた。

「………」

背筋に、震えが走る。

懐かしい光景だ。本当に懐かしい光景だ。

いったい、幾度ここに帰ることを夢見てきただろう。

すらりとした川船が、音もなくするすると川を遡る。

澄んだ水をたたえ、陽光を反射してきらきらと光る湖へと到達する。

——小さな丘が見えた。

丘の上には、古びた神殿の遺構が、静かに佇《たたず》んでいる。

あの時のまま。変わらずに。

「あ……」

涙が滲《にじ》む。

強烈な感情の奔流に、わけもなく胸をかきむしられる。

「おい」

と、ぽんと、背中を叩《たた》かれた。

「……メネル？」

「行ってこいよ。船つないで、俺たちはあとから追いつく」

「あ……」

そう言われたら、もう我慢できなかった。

「ありがとう！」

叫びつつ、船から岸辺に向けて跳躍する。

何メートルかを一息に飛び越えると岸辺に着地し、焦りすぎて転びかけ、慌てて体勢を立て直し——

懐かしい廃墟の街を駆け抜ける。

駆け抜ける。

風景が凄い勢いで、左右を流れてゆく。

障害物を飛び越え、息を切らして、子供のように走った。

神殿が、近づいてくる
丘を駆け上がる。

「ブラッド、マリー、今帰りましたっ！　後でまたっ！」

二人のお墓に慌ただしく帰還の挨拶をして祈ると、神殿の扉を勢い良く開く。

「ガス、ただいま――!!」

……帰って来たのは、沈黙だった。

あの懐かしい神々の彫刻は、天窓からの光を浴びて、そのままだ。

神殿は、とても静かだった。

「あ、れ……？」

左右を見回す。

神殿内を見回し、何度か呼びかける。

「ガス？…………ガス？」

どこへ？

ガス――？

「ガス、いないの？……ガス？」

どっと不安が込み上げてくる。

焦りが胸を締め付ける。

ガス？　まさか――

「ばああああああああああああああっっ!?」

うわああああああああああ!?

と、僕は背後からの大声に、びくりと跳ねた。

振り返る。

「あ、あ、あ…………」

「かっかっか、油断大敵じゃのう！」

半透明の青白い姿。目つきが悪くて、偏屈そうな鷲鼻《わしばな》で。

ローブをまとったその姿は、思い描いていた姿そのままで、

「うむ。……よくぞ帰ったのう、ウィルよ」

――ガスお爺《じい》ちゃんが、そこにいた。

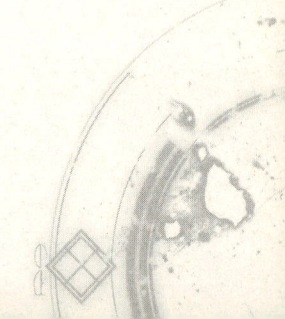

◆

胸に、温かいものが込み上げる。

やっと帰って来たのだと思うと、僕は何を言っていいのか分からなくなってしまった。

ガスはゆっくりと僕の両肩に手を置く動作をする。

もちろん霊体のガスとは触れ合えないけれど、でも、気のせいかもしれないけれど、温かみを感じる。

「ウィル」

ガスは僕と目を合わせ、真剣な表情で――

「カネは儲《もう》かっておるか!?」

「開口一番それ!?」

相変わらず色々とひどいことを言い出した。

「もっとこう無事だったのかとかさぁ！」

「うるさいわい！　ワシとマリーとブラッドが鍛えたんじゃぞ！　おぬしが簡単に死ぬわけがないじゃろう！　その点ではこれっぽっちも心配なんぞしとらんわ！」

しとらんかったからな！　と強調するガス。

言われなくても分かってるよもう！

「あー、はいはい！　ちゃんとお金は活《い》かして回してますよ！」

「!?　具体的には!?」

「……食いつきいいのは分かるけど、なんでちょっと意外そうな顔するのさ」

「いやおぬし、人が好《よ》いし、毟《むし》られる可能性も考えとったもんじゃで」

ひどいな。……まぁ、うん、可能性は確かにあると思うけど。

「えっと、ざっと商会、港、貸し倉庫、製材所、皮革加工場、鍛冶場、陶芸窯……」

あと各村落にも農具や家畜の購入代金の貸し付けをしてるし、インフラ整備なんかにもお金を突っ込んでいる。

黒字ばかりの円満経営とはいかないけれど、ちゃんと生きた使い方をしているからガスもお気に召すはず……と指折り数えて示したら。

なんだかガスがぽかんと口を開けていた。

「……なに？」

「おぬし今、何をやっとるんじゃ？」

「えっと、川下一帯の領主」

「りょ……!?」

「へへ、びっくりした？」

「うむ。……そうか」

ガスは同情的な顔になった。

「どこぞの貴族の後家さんに取って食われたんじゃな……可哀想《かわいそう》に……」

「なんで僕が取って食われる前提なんだよ！」

「食われとらんなら落ち目貴族の次女、行き遅れ一歩手前ぐらいが脂のってて良いぞう」

「やめてよ生々しい！」

ひどい！　あまりにもひどい！

……そりゃ女の人とか未《いま》だにどう接したらいいのかイマイチ分からないけど！　でもひどい！

「領地とか爵位とか、実力で勝ち取ったんだよ！　今じゃ評判の聖騎士《パラディン》だし！」

ふふん、と胸を張った。

二年でこれだけやったんだ、ガスに対しては自慢してもいいだろうと思う。

ガスもそこに関しては、感心したように唸《うな》った。

「ふうむ。確かにこの僅かな間に、その若さで、コネもなしにようやったのぅ……」

「でしょ？」

「それで色恋はどうなんじゃ」

僕は目を逸《そ》らした。

「…………」

「…………」

──いや、ね。うん。

僕、神さまに生涯を捧《ささ》げてるしね？

いつ死ぬか分からない戦いの運命の中にあるしね？

こう、なんていうか、家庭もつのとかってどうかなぁとか……

「つまりヘタれとる、と。というかそもそも相手もおらん、と」

「…………」

ぐさりときた。

「あーあー……輪廻《りんね》巡りの前に、ひ孫の顔が拝みたいのう……」

「露骨な嫌味とかやめてくれないかな!?」

「孫が女の一人も落とせぬヘタレだったとは……」

「へ、へへへヘタレじゃないし！」

「ヘタレ以外の何じゃというんじゃ」

「じゅ、純情！」

ガスははぁぁ、とわざとらしくため息をついた。畜生。

「ブラッドなんぞマリーと出会う前は、派手に浮名を流しとったというに、そういうとこは似んのじゃなぁ」

「あ、ブラッド、モテてたんだ」

「……あれの女遍歴はなかなかの語り草じゃぞ?」

「父親の恋愛事情とか複雑な気分になるからやめて」

特にビィの話とかと違って、ガスの話は実際の見聞なので「とはいえ伝承だし」みたいな逃げ場がない。

まぁ、浮名を流していた、というのはブラッドらしい話だとは思うけれど。

「あやつは、わきまえた相手にだけ手を出して、夢見る乙女には格好つけて綺麗《きれい》な夢を見せるだけで去る、という線引きが上手《うま》くてのう……見習うんじゃぞ?」

「だから父親の恋愛事情とか聞きたくないって言ってるでしょ!!」

「かっかっか! 人の嫌がることを進んでするというのは楽しいのう!」

「賢者だっていうのに話題がここまでずっとカネと女と孫への嫌がらせってどうなの!?」

そこまで言い合ってから、僕とガスは顔を見合わせる。

互いに、くすりと笑いがこぼれた。

こぼれた笑いが、大きくなってゆく。

二年たってもガスはガスだった。

そのことが、なんだか無性に嬉《うれ》しくて——多分、ガスも同じ心境だったのだろう。

「……しかしのう、ほんとに何もないんか? ほれ、冒険してたらなんぞあるじゃろ、こう……山賊に身をやつしていた男勝りの娘を救うとか、護衛に逃げられた冒険商人の女を颯爽《さっそう》と助けたとか、頼れる女剣士を仲間にとか、礼儀正しい亡国の王族を保護するとか」

「…………」

「なんじゃ微妙な顔して」

「…………それ全部、同性だった」

爆笑された。

◆

ひとしきりガスと話していると、船をどこかに繋《つな》いだか岸にあげたかして、皆が追いついてきた。

丘の上から皆に手を振って、神殿に招く。

ガスの話は既に皆にしていたので、メネルもルゥもレイストフさんも、ああこの人が、といった顔だったのだけれど……

ゲルレイズさんだけが、ガスを見て顔色を変えた。

ガスが訝《いぶか》しげに首をひねる。

「はて、どこかでお会いしましたかのう？」

「……二百年前。あの山からの逃れた負傷兵に御座います、旅の魔法使い殿。まさか名高き、《彷徨賢者《ワンダリングセイジ》》であられたとは……」

「ああ、あの青臭い負傷兵か。おぬし、老いたのう」

「然《しか》り、老い申した。再びお会いできる日が来るとは……」

どういうことかと聞いてみると、どうやら上王討伐の手前くらいの時に、三人は《くろがねの国》の難民の集団と行き会っていたらしい。

マリーは特に名を名乗ることもなく、傷を負い、病に悩まされる難民たちに、叶《かな》う限りの施療をした。

ガスとブラッドはそれに付き合った。

いまだ年少で未熟であることを理由に、王の陣列に加わることを許されなかったゲルレイズさんとグレンディルさんは、当時、難民を守って北へ向かっていた。

度重なる悪魔《デーモン》との遭遇戦で彼らが負っていた傷を、マリーは癒やしたのだという。

実に、らしい話だ。マリーの顔が脳裏に浮かぶ。

「おかげさまで生き永らえ、この度こうして新たな主君を仰ぎ、また賢者殿のお孫たるウィリアム殿と、道を共にできております」

「うむ。奇縁じゃのう、善哉善哉《よきかなよきかな》」

「相手が竜なりと、恐れは致しませぬ。必ず……」

「ん？」

「？」

「…………竜？」

ガスの問いに、こくりとゲルレイズさんは頷《うなず》いた。

ガスがぷるぷると震えている。

「…………竜？」

ゆっくりとガスが僕の方を見た。

うん、と僕は頷く。

「なんで真っ先に言わんかったんじゃ!?」

「ガスが真っ先にカネカネ言うからだよ！」

即座に言い合いになった。

「竜、竜じゃと!?……まさか最近唸っとる《災いの鎌》か!?」

「そのヴァラキアカさんですぅ！」

「アホか、死ぬわ！」

「それでもやるしかないの！」

「戦うしかないと？　他の道は考えた上でか!?」

「それ以外に何があるんだよ！」

　ガスは霊体の腕を振り上げ、叫ぶ。

「籠絡するくらいは考えんか！」


　まさかの発想だった。

「ろ、籠絡……？」

「神々もヴァラキアカを雇っておったんじゃろう。……つーことはじゃ、カネとモノで解決できる可能性があるっちゅーことじゃ」

　その言葉に、皆がぽかんとした顔をして……

「ああ、俺、この手の発想って覚えがあるわ……」

「奇遇ですねメネル殿、私も覚えがあります」

「うむ」

「ああ……」

　なんだか趣深そうな顔で、口々に頷いた。

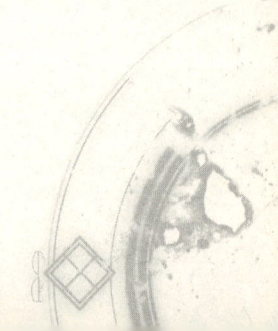

正直ガスと同類扱いされるのは、微妙に納得しかねるんですけど。

「ま、神話の時代から生きる邪竜を相手に丸め込むのは困難じゃろうがな。……しかし、解決方法を一つに絞ることはない、常に発想は柔軟にせよ。視野が狭くなるとイカン」

「はい」

でも、ガスらしい考え方で。

ガスらしい物言いだった。

懐かしくて、なんだか嬉しくなってしまう。

「コホン。……さて、お見苦しいところをお見せしてしまいましたな」

それからガスは咳払《せきばら》いをして、皆に笑顔を向けた。

「ようこそ、我が孫のご友人がた。歓迎いたしますぞ」

とても上機嫌な時の声だった。

作品のご感想、
ファンレターをお待ちしています

あて先
〒150-0013
東京都渋谷区恵比寿1-23-13 アルカイビル4階
オーバーラップ文庫編集部
「柳野かなた」先生係／「輪くすさが」先生係

OVERLAP

最果てのパラディンⅢ〈上〉
鉄錆の山の王

発　行　2016年12月25日　初版第一刷発行
2017年2月24日　第二刷発行

著　者　柳野かなた

発行者　永田勝治

発行所　株式会社オーバーラップ
〒150-0013　東京都渋谷区恵比寿1-23-13

校正・DTP　株式会社鷗来堂

印刷・製本　大日本印刷株式会社

Printed in Japan　ISBN 978-4-86554-176-2 C0193

オーバーラップ文庫
──そして、少年は〝最強〟を超える。
ありふれた職業で世界最強
ARIFURETA SHOKUGYOU DE SEKAISAIKYOU
WEB上で絶大な人気を誇る
“最強”異世界ファンタジーが書籍化!
クラスメイトと共に異世界へ召喚された“いじめられっ子”の南雲ハジメは、戦闘向きのチート能力を発現する級友とは裏腹に、「錬成師」という地味な能力を手に入れる。異世界でも最弱の彼は、脱出方法が見つからない迷宮の奈落で吸血鬼のユエと出会い、最強へ至る道を見つけ──!?
著 白米 良 イラスト たかやKi
シリーズ好評発売中!!

オーバーラップ文庫
WEB小説大賞〝金賞〟受賞作、
発売たちまち大重版!!
ワールド・ティーチャー
異世界式教育エージェント
異世界で最も受けたい
“授業”が始まる!!
かつて世界最強のエージェントだったが、仲間のために命を落とし、異世界に転生をした少年・シリウスは、前世で果たせなかった『後継者育成』を目標とし、出逢った人々の生き方に大きな影響を与えていく。
「失うものがないなら、俺についてこい。この世界での生き方を教えてやる」
著 ネコ光一 イラスト Nardack
シリーズ好評発売中!!

第4回 オーバーラップ文庫大賞
原稿募集中！
【賞金】
大賞……300万円
金賞……100万円
銀賞……30万円
佳作……10万円
【締め切り】
第1ターン 2016年 5月末日
第2ターン 2016年 8月末日
第3ターン 2016年 11月末日
第4ターン 2017年 2月末日
各ターンの締め切り後4ヶ月以内に佳作を発表。通期で佳作に選出された作品の中から、「大賞」「金賞」「銀賞」を選出します。
物語《キミ》が世界を
アツくする――。
投稿はオンラインで！ 結果も評価シートもサイトをチェック！
http://over-lap.co.jp/bunko/award/
〈オーバーラップ文庫大賞オンライン〉
※最新情報および応募詳細については上記サイトをご覧ください。
※紙での応募受付は行っておりません。
イラスト：鵜飼沙樹